La collection « Gi
est dirigée par Michel Lavoie

Histoires de fous

La directrice du recueil

Marie-Andrée Clermont écrit depuis qu'elle est toute petite, publie depuis qu'elle a trente ans et espère vivre assez longtemps pour épuiser toute l'inspiration qui s'agite dans sa boîte à idées.

Elle adore parler de sa passion aux lecteurs qui l'invitent dans leur école ou leur bibliothèque. C'est ainsi qu'elle rencontre chaque année des milliers de jeunes à travers le pays.

Histoires de fous

Collectif de l'Association des écrivains
québécois pour la jeunesse
sous la direction de Marie-Andrée Clermont

nts d'Ouest

aventure

collection G I R O U E T T E

Catalogage avant publication de Bibliothèque et Archives Canada

Vedette principale au titre :

Histoires de fous

(Collection Girouette ; 19. Aventure)
Pour les jeunes de 9 à 12 ans

ISBN 978-2-89537-127-4

1. Histoires pour enfants québécoises. I. Clermont, Marie-Andrée. II. Roux, Paul, 1959- . III. Collectif de l'AEQJ. IV. Collection: Collection Girouette ; 19. V. Collection: Collection Girouette. Aventure.

PS8329.5.Q4H58 2007   jC843'.010806   C2007-940117-1
PS9329.5.Q4H58 2007

Nous remercions le Conseil des Arts du Canada de l'aide accordée à notre programme de publication. Nous reconnaissons l'aide financière du gouvernement du Canada par l'entremise du Programme d'Aide au Développement de l'Industrie de l'Édition (PADIÉ) pour nos activités d'édition. Nous remercions également la Société de développement des entreprises culturelles ainsi que la Ville de Gatineau de leur soutien.

Dépôt légal –   Bibliothèque nationale du Québec, 2007
                Bibliothèque nationale du Canada, 2007

Révision : Raymond Savard
Correction d'épreuves : Renée Labat
Illustrations intérieures : Paul Roux

Éditions Vents d'Ouest
185, rue Eddy
Gatineau (Québec) J8X 2X2
Courriel :   info@ventsdouest.ca
Site Internet :   www.ventsdouest.ca

Diffusion au Canada :   PROLOGUE INC.
Téléphone :   (450) 434-0306
Télécopieur :   (450) 434-2627

Diffusion en France :   Distribution du Nouveau Monde
                        (DNM)
Téléphone :   01 43 54 49 02
Télécopieur :   01 43 54 39 15

Avant-propos

PERSONNE n'aime avoir l'air fou mais, en général, on rit volontiers de la déconfiture des autres. Ce qu'il faut savoir, c'est que les vrais gaffeurs deviennent souvent célèbres, grâce à leurs faux pas, justement. Que l'on pense à Don Quichotte ou au bon roi Dagobert…

Si tu aimes voir les gens se mettre les pieds dans les plats ou tomber dans le pétrin, les histoires de ce livre te feront bien rigoler. Mais comme tu as le cœur sensible, tu sympathiseras aussi avec les héros, qui sont tous très attachants. Et qui sait, les déboires des personnages te rappelleront peut-être quelques souvenirs cuisants ? À moins que tu n'aies jamais eu l'air fou, toi ?

Douze auteurs, membres de l'Association des écrivains québécois pour la jeunesse – Odette Bourdon, Élise Bouthillier, Lysette Brochu, Yanik Comeau, Luc Durocher, Cécile Gagnon, Evelyne Gauthier, Sonia K. Laflamme, Isabelle Larouche, Michel Lavoie, Louise-Michelle Sauriol et Louise Tondreau-Levert – ont concocté pour toi ce savoureux recueil de récits rocambolesques. Amuse-toi bien !

Marie-Andrée Clermont

Note : les auteurs renoncent à percevoir les droits qui découlent des ventes de ce recueil, qui servent à financer le Prix Cécile Gagnon, offert annuellement à un écrivain de la relève, l'aide à la relève étant l'une des préoccupations majeures de l'AEQJ.

Dingue à sonner les cloches !

par

Louise-Michelle Sauriol

Moi qui ne sais chanter, je profite de la plume pour emprunter différentes voix. Dans cette nouvelle, je me suis transformée en coq, demain je serai ours polaire ou personnage humain. Vive l'écriture et en avant la comédie!

Auteure de romans pour la jeunesse, de contes et de nouvelles, je me lance une autre fois à l'aventure en jouant un rôle intrigant. Du haut d'un perchoir, je vous invite à tendre l'oreille au discours de ce coq trop curieux. Le pauvre, il a vécu une expérience catastrophique dans son village québécois. De quoi passer pour dingue! Horripilé, il n'en revient toujours pas. Pourtant, c'était un soir de fête. Sauf que...

Aux quatre points cardinaux, mon héros s'égosille à raconter son histoire loufoque et pathétique. Comme quoi, même les coqs peuvent se laisser griser les soirs de célébration!

C'ÉTAIT LE SOIR de la mi-carême. Dans mon île, les gens fêtent en grand durant cette période. Vêtus de costumes bariolés, ils se promènent dans les rues et visitent les voisins. On chante, on danse sur la neige et dans les maisons, souvent plusieurs jours d'affilée. Du haut de mon perchoir, moi, le vieux coq du village, je me délecte du spectacle. Mais ce soir-là, tout a mal tourné.

La fête battait son plein, même s'il faisait un temps glacial pour le mois de mars. J'étais à mon poste et tournicotais d'est en ouest, afin de ne rien manquer. Des villageois circulaient incognito, cachés derrière leurs masques et leurs déguisements. Ils étaient magnifiques dans leurs atours neufs, confectionnés dans le plus grand secret.

J'avais entendu dire que les couturières travaillaient sur un thème de contes merveilleux. De loin, j'avais observé des images de princes, de loups, de fées ou autres célébrités se déployer sur les tables à couture. J'en étais même jaloux. Pourquoi pas de coq fantastique ?

Pour revenir au fait, disons qu'à un moment de la veillée, une bande impressionnante de fêtards cavalaient dans la rue. Comme d'habitude, chacun cherchait à cacher son identité. Parmi les personnages en liesse, deux m'ont paru familiers : une Cendrillon à la tresse blonde et un Prince charmant qui lui bécotait le cou. Ça ne pouvait être que la petite Odile de la ferme voisine et Joël, son amoureux ! Ils passaient gaiement de maison en maison, enlacés, turlutant des airs à la mode.

Les « jeunesses » ne savent même plus la signification du mot « carême ». Leurs grands-parents et arrière-grands-parents jeûnaient durant quarante jours avant la fête de Pâques. Un exercice de volonté qui domptait le caractère et la bedaine. Mais c'était dur, l'abstinence. Alors les anciens s'étaient inventé une trêve : à la

moitié du temps des privations, ils arrêtaient de jeûner et se mettaient à fêter au
moins une journée.

Même dans les poulaillers, on recom-
mençait à boire et à manger sans con-
trainte. Oui, oui, croyez-moi, des échos de
la mi-carême chez la gent emplumée sont
parvenus jusqu'à moi!

Toujours est-il que les jeunes et moins
jeunes d'aujourd'hui ont oublié le grand
jeûne. Heureusement, ils continuent la
tradition des mascarades et des visites,
quelques semaines avant Pâques.

Donc, plus tard ce soir-là, la petite
Odile-Cendrillon et son copain Joël-le
Prince charmant se présentèrent chez les
Gariépy, les habitants d'une autre ferme
proche de mon perchoir. Un accordéon
jouait à l'intérieur de la maison et des
odeurs alléchantes s'échappaient par la
fenêtre ouverte. De quoi attirer plein de
beau monde! D'ailleurs, la plupart des
villageois semblaient se diriger vers cet
endroit. J'y ai vu entrer le Chat botté,
Blanche-neige et ses nains, le Petit
Chaperon rouge et sa grand-mère, le Petit
Poucet et son Ogre, et beaucoup d'autres
personnages dont je n'ai pas entendu ou
retenu le nom.

Le plus impressionnant était l'Ogre, arrivé en dernier. Il avait une tête énorme et des épaules taillées en pan de mur. Bien malin qui aurait pu deviner sa vraie figure, tant son masque était réussi ! Il tenait un violon qui avait l'air minuscule à côté de lui. Mais quelle musique en sortait !

À l'arrivée de l'avaleur d'enfants, l'accordéon s'est tu. Deux secondes après, la musique du violon se déchaînait à un rythme fou. On aurait dit que le féroce personnage de contes occupait, à lui seul, toute la place dans la cuisine. Son jeu se faisait de plus en plus envoûtant et délirant. Même à distance, la tête m'en tournait follement.

Plus le temps passait, plus les gens dansaient, tapaient du pied, chantaient fort ou parlementaient à gorge déployée dans la maison. Des rires nerveux fusaient au-dehors et aussi, des bruits de bouchons qui sautent !

Comme je le mentionnais au début, il faisait très froid. Les fêtards avaient déjà levé le coude pas mal haut durant leur promenade ! Et ils continuaient à boire, même au coin du feu.

Ceux qui décidaient de quitter les lieux virevoltaient sur leurs jambes, puis vacillaient comme la flamme des bougies ! Certains se roulaient dans les bancs de neige à la manière de toupies démontées. Moi, le coq qui me croyais malin, je m'étourdissais dans le vent, de plus en plus excité.

Soudain, au milieu des célébrations, une dispute éclata. Le violon suspendit ses airs endiablés et des injures volèrent.

– Suffit, l'Ogre ! Veux-tu arrêter de caresser ma blonde !

– Je te demande pardon, Prince charmant. Hic ! Moi, je joue du violon ! Je la frôle même pas, ta Cendrillon !

– Penses-tu que j'ai les yeux fermés ? Tu devrais t'occuper de ton Petit Poucet à la place. On voit bien que tu es saoul ! Après chaque air, tu bois comme un tonneau.

– Moi ? Effronté ! J'ai presque rien bu !

– Regarde donc le verre de bière que tu viens de remplir !

– OK, je m'en vais jeter ma *broue*, hic ! dehors ! Mais je veux plus t'entendre, compris ?

De là-haut, j'ai vu sortir l'Ogre sans son violon, une chope de bière à la main. Il a marché en titubant jusqu'à un seau placé au bout de la véranda. Une fois devant le récipient, il a penché la chope et l'a vidée complètement.

En revenant sur ses pas, l'Ogre lançait à répétition dans la nuit : « Loup, où es-tu ? Hic ! Loup, que fais-tu ? »

L'idiot ! Nulle bête maligne n'était en vue, Dieu merci ! Je n'avais aucune envie de voir apparaître l'ennemi des poulaillers et des bergeries. Allait-il se taire ?

Tout à coup, l'Ogre s'est précipité à l'intérieur : quelqu'un jouait de son violon ! J'ai vaguement aperçu le Chat botté, archet en main, tourné vers Cendrillon qui faisait mine de se rapprocher de lui. La petite Odile n'avait jamais été si populaire de sa vie !

Grisé par les événements, je brûlais de sauter à la fenêtre pour ne rien manquer. Je me suis contenté de m'étirer tant que je pouvais. Le Chat continuait de jouer et Cendrillon minaudait de plus belle près de lui.

Une violente discussion a éclaté entre l'Ogre, le Chat botté et le Prince charmant.

– Sale Chat botté, je vais te dévorer ! grondait l'Ogre d'une voix tonitruante.

– Attends que je t'applique une de mes bottes de sept lieues dans les côtes ! ripostait le compère Chat.

– Écoutez, vous deux, Cendrillon m'appartient, protestait le Prince charmant. C'est écrit dans les livres ! Vous n'avez pas le droit d'y toucher !

– Lequel de vous a trouvé mon soulier de vair ? reprenait Cendrillon. Celui qui me le rendra sera mon Prince !

– Attention au coup de minuit, la belle ! criait un nain de Blanche-Neige. Tu risques gros !

Sans doute fatiguées de la dispute, le Petit Chaperon rouge et sa grand-mère sont sorties sur le balcon, main dans la main.

– Allons voir si le bûcheron arrive ! lança la mère-grand. Il a la réputation de régler sans pitié le cas des vilains.

– Oh ! Je ne voudrais jamais qu'il sorte sa hache ! répliqua Chaperon d'une voix fluette. Ce serait trop cruel.

– Bien sûr, approuva l'aïeule à la coiffe blanche. C'était pour continuer le jeu que je parlais ainsi.

Que voulait-elle dire par jeu ? Je bouillonnais de colère en percevant encore des éclats de voix à l'intérieur. On se tirait des flèches empoisonnées et les personnages se montraient plus fanfarons les uns que les autres. Ils méritaient une correction !

C'est alors que je l'ai vu. Lui, l'ennemi depuis la nuit des temps : le LOUP ! Répondait-il à l'appel de l'Ogre ? Ou venait-il de lui-même ?

Il s'avançait entre les buttes de neige et les arbres. Ses yeux vitreux luisaient comme des perles noires. Il étirait sa gueule aux crocs pointus, les oreilles dressées, la queue battante. Dans cette nuit sans lune, il avait l'allure d'un diable.

Sur mon perchoir, j'étais secoué d'un frisson incontrôlable. Qu'allaient devenir le Petit Chaperon rouge et sa grand-mère ?

Dans la maison, les gens continuaient de s'énerver et aucun bûcheron n'était en vue pour les secourir.

Au lieu de s'élancer vers le balcon, le Loup a fait un détour et soudain, il s'est mis à me zieuter curieusement. Voulait-il se jeter sur moi ? Je n'y tenais plus et me secouais dans le vent, paniqué, cherchant à m'enfuir.

La catastrophe s'est produite illico : dans un bruit strident de ferraille, je me suis abattu sur le sol, attirant les regards de toutes les fenêtres !

Moi, le vénérable coq du clocher, je venais de casser mes membres d'acier sur le sol. Pire, ma tête, l'indicatrice de la source du vent, était fendue. Je m'étais comporté en girouette étourdie ! Quelle honte !

En entendant le bruit étrange, le bedeau de l'église, affolé, a couru sonner les cloches. Il ne manquait plus que ça ! Des sonneries pour signifier à tous les gens du village que j'étais dingue !

Quelques minutes après, le Chat botté en personne s'est amené près de moi. Il a recueilli mes morceaux en disant :

– Je l'emporte dans mon atelier. Dans deux jours, il sera réparé. Le vent a dû lui secouer la carcasse !

– J'en suis pas sûr ! a répliqué le Loup, qui s'approchait avec la grand-mère. C'est un drôle de coq de clocher. Quand je suis arrivé, le vent était faible. Pourtant, il gigotait sans arrêt. On aurait cru qu'il avait peur de moi, là-haut !

– Tu campais trop bien ton rôle, gros méchant Loup ! continuait la grand-mère. Avec nos jeux de comédie, on emberlificote même les girouettes !

Ensuite, la foule des personnages, Cendrillon avec le Prince charmant, l'Ogre et Petit Poucet, Blanche-Neige avec les nains, Chaperon rouge et les autres, ont fait une longue chaîne. Tous à peu près dégrisés, ils chantaient joyeusement :

Je cherche fortune,
Les soirs de mi-Carême!
Et au clair de la lune,
Dans mon île bohème!

Je ne voulais plus les écouter, tant j'étais mortifié. Depuis plus de cent ans que je régnais en prince sur le clocher. Ce soir de malheur, j'étais en pièces, corps et âme. Je venais de me laisser berner par des « mi-carême » sortis de livres de contes! Impardonnable!

Depuis, on m'a réparé et je vous assure que je bouge uniquement en suivant les vents. Telle une fidèle girouette, j'indique leur provenance, sans me laisser perturber par quoi que ce soit. Surtout les soirs de fête de mi-Carême!

Je l'ai appris à mes dépens : gare aux comédiens et aux histoires inventées!

Le devoir

par
Luc Durocher

Je dis souvent que je suis fou. Je précise que la folie, ça me connaît. D'ailleurs, trois de mes albums parus au Raton Laveur ont le mot fou dans le titre. Et mes personnages sont toujours aussi fous que moi. Être fou, quel beau compliment ! C'est la preuve qu'on ne se prend pas au sérieux et qu'on n'a pas peur de faire rire de soi, même quand on a l'air fou. Et pour jumeler un emploi d'enseignant au primaire, tout en continuant d'écrire pour les jeunes, il faut bien être un peu fou. Surtout, quand on publie à un rythme fou. Depuis 2000, j'aurai publié sept albums, deux romans jeunesse et j'aurai participé à quelques recueils de nouvelles, autant pour les jeunes que pour les adultes. Bonne lecture de cette histoire non pas à lire, mais à rire, en compagnie du modeste Noël qui, tu le verras, n'est pas toujours un cadeau.

J'ARRIVE encore fâché à la maison. Décidément, mes parents vont me dire que c'est devenu une habitude. Moi qui suis pourtant un enfant si calme, si généreux, si joli, si modeste… en un mot, si plein de qualités.

J'en veux à mon professeur, j'en veux à l'école, et pourquoi pas à mes parents, à mes frères et sœurs, et pourquoi pas au monde entier !

– Pourquoi fais-tu cette tête-là, mon Choupinou ?

– Maman, ne m'appelle plus Choupinou, OK ? Je suis déjà assez enragé comme ça !

– Mais qu'est-ce qui te met dans un état pareil, mon Chou..., je veux dire, mon beau garçon ?

– C'est à cause de notre devoir de ce soir. Notre prof nous a demandé d'écrire un texte sur *La fois où j'ai eu l'air le plus fou !*

– Tu ne devrais pas manquer d'idées alors. Cela t'est arrivé tellement souvent !

– ...

C'en est trop ! Je pensais que maman croyait que j'étais un petit garçon parfait. Et elle m'apprend que je devrais avoir plein d'idées, ce qui veut dire, dans son langage, que j'ai eu l'air très fou plusieurs fois dans ma courte vie ! Eh bien, merci maman !

☺

Enfin, je suis seul dans ma chambre que j'ai magnifiquement décorée avec mes superbes dessins d'Amos Daragon et de Harry Potter. Ici, je me sens bien. Je vais pouvoir me concentrer sur mon devoir.

Il n'y a rien comme de s'étendre pour réfléchir. Pourquoi ne pas commencer par le commencement ? *Je m'impressionne de ma grande sagesse...*

Oups ! J'ai une envie urgente, au diable la relaxation, je dois aller au plus pressé. La salle de bains est loin de ma chambre.

En me dirigeant vers l'endroit où je pourrai me soulager, je viens d'avoir ma première idée. De retour dans ma chambre, je note, de mon exquise calligraphie : L'ENVIE.

☺

L'ENVIE. Quand j'étais en première année, je n'étais pas comme les autres élèves. Je ne parlais pas tout le temps comme eux. Je gardais le silence pour plaire à mon enseignante. Je voulais qu'elle pige mon nom dans sa grande boîte d'élèves les plus méritants. Cela nous donnait le droit de rester une heure avec elle après la classe, tout en mangeant les friandises qu'elle avait cuisinées. Si je voulais gagner, évidemment, ce n'était pas tant pour moi que pour elle. Je ne voulais pas priver mon prof de mon agréable présence (elle semblait tellement m'apprécier pendant la journée). Quant aux friandises, je me limitais, car je voulais conserver mon corps d'Apollon (ce dieu grec de la beauté qui serait sans doute fade à mes côtés).

Bien sûr, j'étais toujours choisi. Mais un jour, nous n'avons pas eu droit à toute notre heure en compagnie de Mlle Laculture. On l'a appelée à l'interphone. Elle devait répondre à un appel urgent.

– Surtout, ne quittez pas la classe avant mon retour. Ce ne devrait pas être trop long.

– D'accord, Mademoiselle !

Comme je voulais lui plaire, je n'ai pu lui dire que si elle avait un appel urgent, moi, j'avais une envie pressante. Mais elle nous avait bien dit de ne pas quitter la classe. Et c'est après quelques minutes de douloureux efforts de ma part que c'est parti. (À côté de ça, les fontaines du monde entier en pâliraient, j'en étais certain.) Une grande flaque de liquide jaunâtre, s'étant malencontreusement échappée de mon humble personne, s'est retrouvée sous ma chaise d'écolier.

Heureusement, personne ne semblait s'en être aperçu. Sauf Mlle Laculture, en revenant du bureau.

– Noël, mais qu'est-ce que c'est que ça sous ton bureau ? On dirait du…

– Désolé, Mademoiselle, vous ne vouliez pas qu'on quitte la classe.

Et là, tous les élèves méritants de la semaine se sont mis à dire en riant : « Noël

nous a fait un cadeau sur le plancher. »
Mais moi, je riais jaune et je me suis enfui
jusque chez moi en cachant mon pantalon
avec mon sac d'école.

☺

— Maman, viens voir, je crois avoir
trouvé une idée pour mon devoir.
Et, après avoir lu mon histoire, elle me
dit :
— C'est bien, mais ce n'est pas la fois
où j'ai vraiment eu le goût de rire de toi.
Quand j'étais enseignante, cela arrivait
souvent à mes élèves. J'en avais plutôt
pitié quand leurs camarades se moquaient
d'eux.
— Tu veux que je trouve une autre
idée ?
— Pourquoi ne pas essayer ? Te rappelles-tu de ton premier spectacle de
danse, mon Choupinou ?
— Maman !

☺

LE SPECTACLE. De retour dans ma
chambre, je m'installe devant mon ordinateur. Je regarde les photos de mon

spectacle de danse et là, je vois ce qui m'avait tellement mis mal à l'aise dès la première danse.

Tout le groupe exécute une danse hongroise. Je dirige la ligne des garçons. Inutile de dire qu'on m'a choisi pour être en tête, car je suis le meilleur. Je dois conduire le groupe au milieu de la scène et les gars doivent se retrouver le dos au public, face à la ligne des filles qui pourront alors admirer mon extraordinaire performance. Nous devons nous accroupir devant elles et c'est à ce moment que j'entends un énorme bruit qui fait éclater la salle de rire. Mon pantalon vient de s'ouvrir, dévoilant mes bobettes aux motifs de dinosaures. Quand je pense que je montre mon caleçon, alors que j'ai de si belles fesses fermes à exhiber !

Tous les danseurs de ma ligne arrêtent net de danser et posent leur regard sur mes dinosaures. Tout le monde se met à rire. Les filles viennent voir la raison pour laquelle certains des garçons se roulent par terre et se tordent de rire. La salle semble apprécier le spectacle et elle joint ses rires à ceux des vedettes du spectacle.

– Hé ! Noël, il faut vraiment être culotté pour porter un caleçon comme le tien ! Si tu voulais le garder secret, on peut dire que tu t'es vraiment fait prendre les culottes baissées !

Je me rappelle que j'ai quitté la scène en prenant les jambes à mon cou et que même mes parents n'ont pu me rattraper pour me reconduire en automobile.

☺

– Maman, ton fils préféré a encore eu une merveilleuse idée.

– Oui, Choupinou, je t'écoute.

– Je ne suis pas Choupinou, je suis ton fils adoré, ton super fils, ton merveilleux garçon, ce que tu voudras, mais pas CHOUPINOU ! que je lui hurle.

– OK ! Chou..., je veux dire mon incomparable fiston.

– Te rappelles-tu le gâteau aux cerises que j'avais cuisiné pour mes amis ?

☺

L'INVITATION. Cette fois-là, je me rappelle m'être vraiment mis les pieds dans les plats. Je me souviens de ce que j'avais dit devant mes camarades de classe : « Faire un gâteau, rien de plus facile. »

Tout le monde me met alors au défi. Je décide donc de les inviter tous à la maison le samedi suivant pour être témoin de mes merveilleux talents de cuisinier-pâtissier. Les vingt-sept élèves de ma classe ne se font pas prier. Quand on sait que je réussis dans tout, ce n'est pas étonnant qu'on se précipite pour apprécier mes talents culinaires.

Ce jour-là, je me lève tôt. Je prends ma douche pour que mon admirable corps soit propre. Je ne prends pas le temps de petit-déjeuner. En tant que cuisinier bien organisé, je rassemble ingrédients et ustensiles qui me serviront à confectionner mon chef-d'œuvre. Puisque j'ai l'esprit pratique, je décide de gagner du temps en me servant du robot culinaire. En quelques minutes, le mélange est prêt et je mets le tout au four. Une heure plus tard, j'admire ma création, un gâteau aux cerises qui semble succulent.

On sonne à la porte. En moins de quinze minutes, tous les élèves de la classe sont présents. Ils semblent tous impressionnés de me voir vêtu comme un chef. Ils sont aussi éblouis par la façon dont j'ai plié les serviettes. Je ne me lasse pas de recevoir les félicitations de mes copains de classe. Que voulez-vous : quand on a du talent !

Puis vient le moment tant attendu. Je m'empare d'un grand couteau que je maîtrise avec une dextérité hors du commun. Mais que se passe-t-il ? Je dois avoir mal enfoncé l'ustensile dans la pâtisserie. Je recommence. CLAC ! Le couteau se brise en deux sous les rires de mes invités. Même mes parents rient aux éclats. Je me sauve, me précipite vers la salle de bains où je verse toutes les larmes de mon corps. J'entends même quelqu'un dire que, si je suis parti aussi vite, c'est que je n'avais pas l'air dans mon assiette.

À l'école, le lundi suivant, je retrouve une pile de petits gâteaux aux cerises sur mon bureau. Tous les élèves ont pris soin de préciser qu'ils avaient fait le gâteau eux-mêmes ! C'est à partir de ce jour-là que j'ai décidé de ne plus jamais faire profiter les gens de mes talents de pâtissier. Tant pis pour eux !

☺

– Chou... je veux dire, mon beau grand garçon, j'ai lu ce que tu viens d'écrire, c'est vraiment drôle. Mais je peux encore te suggérer des idées.

– Il y a donc bien des fois où j'ai eu l'air fou ! C'est bon que tu me le rappelles ! QUOI ? Est-ce que je vois bien ? Tu m'as rédigé une liste ! Non, je ne le crois pas ! Comment un être aussi près de la perfection que moi peut-il avoir eu l'air fou aussi souvent ? Il y a quelque chose qui m'échappe certainement.

– Oui, mais cela te donne tellement de charme, mon chou, et je te fais remarquer que je n'ai pas dit Choupinou.

– Tu viens de le dire…

☺

LE CONCOURS D'ÉPELLATION. Comme je me suis exercé, même si je peux habituellement écrire sans faire de fautes ! Il m'arrive parfois de corriger mes profs. Mais s'entraîner pendant deux mois, sept jours par semaine, au moins trois heures de suite… Pour ce que j'en ai retiré…

– Bravo, mon fils. Tu as bien épelé le mot *cuistot*. Maintenant, je te donne le mot suivant : *RÉVEILLE-MATIN*.

– Tu penses que je vais me tromper dans le mot « réveille », mais tu te trompes. R-ÉV-E-I-L-L-E (trait d'union) M-A-T-I-N.

– OK, allons-y pour *IMBÉCILLITÉ*.

– Je sais que le mot prend deux « l ».

Je ne me souviens plus combien de mots il m'a fallu épeler ; mais, évidemment, pendant toutes les répétitions, aucune erreur de ma part. Quand on a une bonne mémoire et en prime de l'intelligence, rien de plus facile que de faire de tels exercices.

Mais la sauce s'est gâtée le jour de la compétition provinciale. Quand on est un champion de mon calibre, les gens en attendent beaucoup. Je m'installe face à l'équipe adverse. L'animatrice arrive. Elle me regarde droit dans les yeux ; elle semble émerveillée par ce qu'elle voit. Je n'en fais pas de cas, car cela arrive souvent. Elle commence à parler.

Bienvenue à la troisième édition de notre jeu ÉPELEZ LE MOT.

Je ne me possède plus ; je pèse sur la sonnette et je crie de toutes mes forces : LE MOT, L-E, ESPACE, M-O-T.

Tout le monde s'esclaffe ; je viens de comprendre ma bévue ; je viens de faire perdre un point à mon équipe. J'étais trop pressé, je ne me suis pas concentré et j'ai épelé le nom de l'émission qui passera sur toutes les chaînes de télévision francophones du pays. On ne pourra plus évaluer mon intelligence à sa juste valeur. Après une telle gaffe, impossible de bien réussir, et notre équipe perd lamentablement. L'animatrice me regarde encore droit dans les yeux, mais elle semble bien s'amuser. Je voudrais me voir deux mètres sous terre.

C'est sans doute à partir de ce moment que j'ai appris à devenir modeste, car ma famille et mes amis ont bien ri de moi.

– Choupi…

– Quoi ? Comment tu m'appelles ?

– Excuse, mon beau garçon. Mais je viens de me souvenir de la dernière St-Valentin, tu étais pas mal rouge et ce n'était pas parce que tu étais essoufflé ou fâché.

– Ah non ! tu ne veux pas que je raconte ça ?

– Ce serait bien, après tout, tu trouvais toi-même que tu avais l'air un peu, beaucoup fou.

– Ouais…

LA SAINT-VALENTIN. Je m'en rappelle encore comme si c'était hier. Dominique, une nouvelle élève, entre dans la classe. Une beauté comparable à la mienne. Et elle sait répondre correctement aux questions, presque aussi souvent que moi. Enfin quelqu'un digne de s'asseoir à mes côtés, et je lui ferai savoir qu'elle pourra avoir l'honneur de bientôt me fréquenter. Comment refuser une telle offre ? C'est décidé : après l'école, je vais lui acheter une belle carte qui la convaincra.

De retour à la maison, je prends la carte et j'écris : « À ma Valentine, je te trouve superbe. Quand tu auras lu ma carte, j'aimerais savoir ce que tu penses de moi. Je sais que je ne serai pas déçu par ce que je lirai ou entendrai. Je suis toujours content de te voir et de te voir près de moi. »

Au même moment, le téléphone sonne. On réclame ma présence pour une partie de hockey. Mes copains cherchent un bon gardien qui leur permettra de gagner. J'accepte. Je mets la carte dans une enveloppe et je la laisse sur la table de l'ordinateur du sous-sol. J'aurais voulu ne l'avoir jamais fait.

Quand je rentre à la maison, après avoir fait gagner mon équipe, évidemment, ma petite sœur me saute au cou. Elle me donne bisou après bisou.

– Noël, tu es le frère le plus gentil que je connaisse. Tu n'as pas peur de dire ce que tu penses.

– Je ne comprends pas un mot de ce que tu dis.

– Tu es trop modeste, mon frère.

– Ça, je le sais déjà, mais je ne comprends toujours pas.

– Ta carte… Tu me dis que tu me trouves superbe et que tu es content de m'avoir près de toi. Tu me demandes de te dire ce que je pense de toi. Je te le répète, tu es le frère le plus gentil.

– !…

Je n'ai pas osé lui dire que la carte était destinée à Dominique, la nouvelle de ma classe. Il y a des choses que l'on ne doit pas dire à sa famille.

☺

Bon, je fais peut-être des petites erreurs à l'occasion. Mais les gens devraient me remercier. Comme ça, ils peuvent être plus à l'aise en ma présence.

Ouais, je pense que maman avait raison. Il y a plusieurs fois où j'ai eu l'air fou. Mais on ne m'y reprendra plus. Pour le devoir, je me décide à piger au hasard. Puis, quand je regarde tout ce que j'ai noté, et sans doute sans aucune faute d'orthographe, ce serait dommage que les autres ne puissent pas profiter de mes talents d'écrivain et de conteur d'anecdotes. Pourquoi ne pas présenter toutes ces histoires ? Elles prouveront que je suis un enfant très modeste. On dirait quelquefois que certaines personnes en doutent. Je ne sais toujours pas pourquoi.

☺

Ouf ! je suis maintenant prêt à aller me coucher. Mission accomplie ! La nuit me semble courte, mais je me lève reposé et j'ai hâte d'aller à l'école.

☺

LE DEVOIR. Je cours prendre mon autobus et, arrivé dans la cour de l'école, je parle à mes amis de mon extraordinaire devoir. On me regarde comme si j'étais un extraterrestre et on me rit au nez. Quand je demande des explications, on rit encore plus.

– Qui a fait son devoir ? demande mon enseignante.

– Moi, je l'ai fait.

Étrange ! Je regarde autour de moi et je suis le seul à avoir la main levée. C'est au moment où Mlle Laculture écrit la date au tableau – en grosses lettres, avec de la craie rouge – que je me rends compte de la situation. Je vois 1er AVRIL ! Là, devant toute la classe, avec mon devoir, j'ai vraiment, mais vraiment l'air fou ! Et en plus, je sens que ma mère avait tout deviné et qu'elle en a profité pour rire un bon coup.

La folle journée d'Amélie

par

Evelyne Gauthier

J'ai toujours été une passionnée de lecture et d'écriture. Depuis que je suis toute petite, j'adore m'évader dans les livres. J'écris aussi depuis que je suis très jeune. J'ai même fait des études littéraires à l'université. Je travaille dans le milieu du livre depuis plusieurs années et j'écris également des articles pour des revues.

Alors que j'avais dix-neuf ans, j'ai remporté le Premier prix du Marathon intercollégial d'écriture, du Cégep André-Laurendeau. J'ai publié mon premier roman en 2003... et je n'ai pas fini d'écrire ! D'ailleurs, les aventures d'Amélie se poursuivront dans Amours, chocolats et autres cochonneries, *publié aux Éditions de Mortagne. Pour faire durer le plaisir... et les folies!*

QUELLE journée horrible ! Tout avait bien commencé, pourtant. Ce samedi matin, il y avait un soleil radieux et la journée s'annonçait belle. Mais elle a fini par se gâcher. Il n'y a que moi, Amélie Tremblay, pour réussir un tel tour de force !

Tout a commencé quand maman m'a demandé de lui rendre service. Normalement, je suis heureuse de le faire. Noémie, ma parfaite de grande sœur, s'en va à son bal de fin d'études secondaires demain. Chanceuse ! J'ai bien hâte d'être rendue là, moi aussi. De trois ans sa cadette, j'ai tout de même quatorze ans. Mais il me semble que le temps n'avance jamais assez vite et je voudrais déjà être une adulte.

Ce matin, maman m'a demandé d'aller chercher la robe de bal de Grande Sœur au centre-ville. Pendant ce temps, maman et Noémie vont chez l'esthéticienne où Grande Sœur va avoir droit à un gommage purifiant, un modelage drainant, un massage relaxant, un soin du visage pureté végétale, un manucure, ainsi qu'une épilation satin. La totale, quoi !

Qu'est-ce que je donnerais pour être à sa place et me faire chouchouter avant d'aller au bal avec mon cavalier ! Bon, je n'ai pas de copain, mais j'ai encore trois ans pour corriger la situation. Il y a déjà un certain temps que le beau Thomas Lévesque est tombé dans ma mire. Grand, roux, les épaules carrées, avec des taches de rousseur, il est mignon à croquer ! Et il est membre de l'équipe de football de l'école. L'amoureux parfait qu'il me faut ! Miam ! J'en salive déjà…

Hum… Bon, je m'égare. Revenons à nos moutons, ou plutôt à notre robe. J'ai reçu comme consigne de l'apporter à la maison à dix-huit heures au plus tard.

12 h 35 – J'ai dîné tôt ce matin et après, je suis partie pour le centre-ville. Je suis heureuse que maman m'ait confié cette tâche, même si c'est au bénéfice de

Grande Sœur. Je me sens soudain très importante. Maman me fait confiance. Elle me croit capable de faire ce travail. Je me sens vraiment valorisée par la foi qu'elle a en moi. J'aime être traitée en adulte.

J'arrive au comptoir où je dois prendre la robe. J'admire, un court instant, les magnifiques tenues de taffetas, de velours ou de satin, ornées de perles, de dentelles, de broderies et autres étoffes somptueuses. La robe de Grande Sœur n'est pas en reste. Le haut à encolure cache-cœur est fait de soie noire avec des paillettes, et le bas est formé d'une énorme crinoline de tulle noire qui descend jusqu'aux chevilles. On jurerait une robe de mariée, la couleur en moins.

Je paie le solde avec l'argent que maman m'a donné. Alors que la caissière calcule la somme qu'elle doit me rendre, la gérante dispose la tenue dans un sac de plastique.

– Vous avez fait un très bon choix, mademoiselle, me dit-elle. Cette robe est magnifique et vous ira à ravir.

Alors que je m'apprête à lui répondre que ce n'est pas à moi, je suis prise d'une soudaine hésitation. J'ai envie, tout à coup, de croire que cette robe est à moi. Je remercie la gérante.

Je me dirige ensuite vers le rez-de-chaussée pour quitter le magasin. Mais je suis brusquement saisie d'une envie irrésistible : et si j'essayais la robe ? Oh, pas longtemps ! Juste quelques instants, pour voir de quoi j'aurais l'air. Après tout, je suis à peine plus petite que Noémie. Cette tenue doit m'aller presque parfaitement. Et puis, j'ai du temps devant moi. Allez, juste quelques minutes.

12 h 59 – Je me dirige vers les toilettes du magasin. Je dépose mes vêtements et mes vieilles sandales dans le sac de plastique pour enfiler l'ensemble. Je sors de ma cabine et me dirige vers le hall des toilettes pour m'admirer.

En arrivant devant la glace, je suis époustouflée. C'est moi, ça ? Je ne me suis jamais sentie aussi belle, aussi séduisante et attirante, *glamour*, même. Je ressemble à une princesse. Enfin ! J'ai l'impression que le vilain petit canard a fait place au cygne. Le corsage de soie se moule presque parfaitement à mon buste. La crinoline est un peu longue et traîne sur le sol, mais, pour le reste, la robe me va très bien. Je tournoie un moment en me contemplant sous toutes les coutures, sous le regard étonné d'une vieille dame assise tout près.

Une quinquagénaire pressée, entièrement vêtue de rouge, me heurte avec la dizaine de sacs qu'elle tient dans ses mains en me jetant un regard courroucé. Ses yeux assassins semblent me dire : tu es dans le chemin, fiche le camp ! Ce que les gens peuvent être bêtes ! J'ai bien le droit de me mirer un peu, non ? Vieille chouette, va !

13 h 12 – Bon, j'ai assez perdu de temps. Je retourne vers ma cabine. Mais c'est alors qu'un détail me frappe : le sac dans lequel j'avais mis mes vêtements a disparu ! Mon sang ne fait qu'un tour. Mon Dieu, où est-il ? Je l'avais laissé devant la porte du cabinet, tout près du hall, pour y garder un œil. Je cherche désespérément dans toutes les cabines. Il ne peut pas avoir disparu ainsi ! Je passe mentalement en revue les événements des quinze dernières minutes pour être sûre que je ne fabule pas ou que je n'oublie rien. Mais je commence sérieusement à m'interroger sur ma santé psychique. Est-ce que je suis :

a) Vraiment idiote ;

b) Complètement schizophrène ;

c) Passée par une porte spatio-temporelle et tombée dans une dimension parallèle ;

d) Toutes ces réponses sont bonnes !

Mais que vais-je faire, moi ? Sûrement pas rentrer à la maison pieds nus dans une robe de bal qui traîne sur le sol ! Je vais me faire écorcher vive par Grande Sœur ! Catastrophe ! Mon porte-monnaie était dans la poche de mon pantalon ! Je ne peux même pas prendre le métro ou donner un coup de téléphone ! Allons, pas de panique, Amélie. Peut-être quelqu'un a-t-il remarqué quelque chose ? J'apostrophe une femme tout près.

– Dites-moi, vous n'auriez pas vu un sac qui était posé juste là ?

– Oui, mais une dame l'a ramassé avec ses autres sacs et elle est partie. Elle était habillée tout en rouge…

La quinquagénaire pressée qui m'a bousculée ! La chipie, c'est elle ! Il faut que je la retrouve ! Elle a quitté les toilettes il y a quelques minutes à peine. J'ai sûrement le temps de la rattraper avant qu'elle ne sorte du magasin. Je fonce à toute vitesse vers le rez-de-chaussée. Autour, les gens me dévisagent, incrédules. Il est vrai qu'avec ma grande crinoline que je tiens à deux mains pour ne pas m'y empêtrer, j'ai l'air bonne pour l'asile. Je traverse les allées et dévale l'escalier roulant dans un tourbillon de tulle.

13 h 17 – Alors que je suis presque arrivée à l'étage, j'aperçois au loin ma dame en rouge. Vite, elle se dirige vers la sortie ! J'accélère le pas. Rendue aux dernières marches, je trébuche dans la crinoline et tombe à plat ventre sur le sol. J'entends un bruit de tissu qui se déchire. Aïe ! Cette fois, pas de doute, c'est la catastrophe !

Des centaines d'yeux m'observent. Je tente de me relever, mais je n'y parviens pas. Je me retourne. Horreur ! Le bas de la robe s'est coincé dans l'escalier roulant. Une grande partie du tulle s'est déchirée et pend lamentablement. Cette fois, c'est sûr, je suis morte ! Alors que j'essaie de me redresser, quelqu'un me tend la main.

Je croyais que la situation ne pouvait empirer : je m'étais trompée. Devant moi se tient une grande silhouette aux cheveux roux, aux épaules carrées, avec des taches de rousseur : Thomas Lévesque ! Arrrgghh ! Je voudrais mourir ! J'aurais bien voulu qu'il me voie dans cette robe, mais pas déchirée et surtout pas alors que je suis étendue de tout mon long sur le sol. Quelle humiliation ! Dans la situation actuelle, j'hésite sérieusement entre :

a) Pleurer comme une Madeleine ;

b) Faire comme si de rien n'était et prendre une pause sexy pour le séduire ;

c) L'ignorer complètement ;

d) Me faire passer pour une sœur jumelle inconnue.

Je saisis finalement la main de Thomas pour me relever, me retenant pour ne pas éclater en sanglots. Je tente d'oublier la grosse boule que j'ai dans la gorge. Thomas vient de me voir me casser la figure, je ne pleurerai pas en plus. J'ai mon amour-propre, quand même. Je me souviens tout à coup de la dame que je poursuivais.

– Heu... désolée, Thomas, mais, une dame a piqué mon sac et...

Je vois qu'il comprend et que je n'ai pas besoin de poursuivre davantage. Je me remets en chasse. Il faut que je me dépêche. Je franchis la porte par laquelle la dame en rouge est sortie. Derrière moi, j'entends des cris, mais je n'y porte pas attention. Je regarde partout autour. Je la vois, à quelques mètres ! Elle vient de héler un taxi !

Il faut que je la rattrape, sinon je suis fichue ! Indifférente aux regards qu'on me jette, je me précipite vers elle. Alors que je suis à un pas de la voleuse, je sens un bras qui m'agrippe brusquement.

– Hé ! Pas si vite, ma petite demoiselle !

Je me retourne, stupéfiée. Un gardien de sécurité du magasin se tient devant moi et il a l'air plutôt furieux. Le type ressemble à un réfrigérateur sur deux pattes tant il est énorme. Ses moustaches frétillent d'impatience et son regard me jette des éclairs.

– Alors, comme ça, on tente de voler des vêtements ? Je vais t'apprendre la politesse, jeune fille ! Suis-moi à l'intérieur. Tes parents vont en entendre parler !

Une foule est en train de s'assembler autour de nous. Des cous s'étirent et des yeux cherchent à me scruter, pour voir ce qu'une cinglée de mon genre, en crinoline abîmée, peut fabriquer dans la rue. Je commence à me sentir vraiment ridicule. Et, en plus, on me traite de criminelle !

– Mais, ce n'est pas moi ! C'est elle, la voleuse ! J'ai payé cette robe, moi ! Vous ne croyez tout de même pas que je tenterais de me sauver vêtue de cette façon ? C'est elle, là-bas, qui est partie avec mon sac pendant que j'essayais la tenue ! Il faut l'arrêter !

Je pointe du doigt la dame en rouge, qui regarde la scène, à moitié grimpée dans son taxi. Il faut que le garde me croie, il le faut ! Je me sens déjà assez humiliée ainsi ! Je n'ai pas envie qu'on me prenne pour une voleuse, en plus. Si je ne parviens pas à tout remettre en ordre, je ne sais pas quels tourments, quelles tortures je vais subir de la part de ma sœur. Ou de ma mère. Dire qu'elle m'avait fait confiance… Quelle poisse ! Comment vais-je me sortir de ce mauvais pas ? Du calme, Amélie. Il y a sûrement une solution, mais je ne sais pas laquelle. Le gardien de sécurité s'approche finalement de la chapardeuse.

– Madame, veuillez me suivre dans le magasin, s'il vous plaît.

– Quoi ! proteste la dame. Mais il n'en est pas question ! Je n'ai pas de temps à perdre, je dois…

– Si vous n'obtempérez pas, je me verrai obligé d'utiliser la force, Madame. Alors, restons civilisés, voulez-vous.

L'inconnue se ravise. Enfin ! Il était temps que justice soit faite ! Je me sens un brin soulagée. Nous suivons toutes les deux le gardien de sécurité dans le magasin, sous l'œil médusé des passants et des clients. Je me sens tout de même mal à l'aise, escortée comme une délinquante. Tout le monde me regarde de travers. J'aperçois Thomas dans la foule. Ah non ! Il va me prendre pour une voleuse, maintenant. Je voudrais être à six pieds sous terre !

13 h 28 – Nous sommes dans le bureau de la sécurité. Ça sent la cigarette et les murs sont gris sale. On se croirait dans un mauvais film policier. Je me sens un peu intimidée. Et si je m'étais trompée ? Et si ce n'était pas la dame en rouge qui avait pris mon sac ? D'ailleurs, celle-ci me fusille intensément des yeux.

Je me sens un peu mal, mais, d'un autre côté, si elle m'a vraiment volé mes affaires, ce serait plutôt à elle d'être embarrassée. Pourtant, elle semble tout à fait sûre d'elle.

– Alors ? Qu'ai-je fait pour qu'on me réserve un traitement aussi odieux ? dit-elle à l'agent.

– Cette jeune fille affirme que vous avez pris son sac, répond ce dernier.

La quinquagénaire se retourne vers moi. Si le regard pouvait tuer, je serais certainement morte à l'heure qu'il est. Je crois que je n'ai jamais vu autant d'agressivité chez une seule personne.

– Sale menteuse ! Je n'ai rien pris !

Le gardien de sécurité m'observe, attendant sans doute que je me défende et que je lui donne des arguments. Je tente de lui expliquer la situation.

– Lorsque j'essayais ma robe, j'ai mis mes vêtements dans le sac. Quand j'ai voulu le récupérer, il n'était plus là et une femme m'a dit que c'était elle qui l'avait pris.

– Un tissu de mensonges ! Et vous avez cru ça, petite écervelée ! Espèce de jeune tête folle ! Je suis une femme de la haute société, moi, pas une vulgaire criminelle !

J'ai envie de pleurer. La hargne de la dame en rouge me fait horriblement mal et elle est si mesquine. Je me sens comme une enfant écrasée. Comment une journée peut-elle tourner aussi mal ? Par chance, l'agent est là pour m'aider. Il semble véritablement croire mon histoire.

– Dans ce cas, dit-il à la dame en rouge, vous ne verrez aucun problème à ce que nous regardions dans vos sacs si celui de cette... prétendue écervelée s'y trouve vraiment.

La femme ouvre la bouche pour protester, mais se ravise. Elle doit se dire que plus vite elle coopérera, plus vite elle sera débarrassée. Le gardien jette un coup d'œil aux nombreux sacs qui traînent autour d'elle et m'invite à regarder à mon tour. Je me sens tout à coup anxieuse. Et si j'avais commis une erreur ? Je vais me faire arracher la tête, c'est sûr. Sans compter l'humiliation d'avoir fait tout un tapage et de m'être fourvoyée. Par chance, je reconnais la marque de mon sac.

– C'est lui ! dis-je en le lui montrant.

Le gardien prend le sac et en sort mes vêtements et mon portefeuille. Ouf ! Enfin ! Je suis si soulagée ! D'abord d'avoir retrouvé toutes mes affaires, ensuite de ne pas m'être trompée. Je n'ai plus ce poids sur les épaules.

– Alors, dit le gardien, comment cela s'est-il retrouvé parmi vos affaires, Madame ?

Une vaste gamme d'émotions apparaît sur le visage de la dame en rouge : colère, incrédulité, étonnement, indignation, tout y passe. Il y en a tellement que je n'arrive pas à déterminer ce qu'elle ressent exactement. Sa figure passe ensuite du rouge au bleu, en passant par le mauve et même le vert. Bref, son cerveau fonctionne à toute vapeur!

– Je... je ne sais pas comment cela s'est retrouvé dans mes affaires..., se défend-elle d'une voix blanche. Je... j'ai dû faire une erreur... j'achète tellement de choses, vous savez, que je... j'ai sûrement pris son sac sans m'en rendre compte.

– Vous êtes certaine de cela ? demande l'agent.

Aussitôt, la dame se renfrogne, insultée.

– Bien entendu ! Quel avantage aurais-je à voler un sac qui contient une vulgaire paire de jeans trouée, une vieille camisole et des sandales sales et puantes ? clame-t-elle avec dégoût.

Bon, d'accord, mes vêtements ne sont peut-être pas en excellent état. Il y a un trou dans mon pantalon au niveau du genou et mes chaussures sont un peu malpropres, mais de là à paraître aussi répugnants ! J'ai l'impression d'être bafouée dans mon être et dans mon identité, particulièrement devant un inconnu. C'est vraiment gênant. Quelle méchanceté !

Néanmoins, sa version des faits me paraît très plausible. Je vois mal l'intérêt qu'elle pourrait porter à mes vieilles fringues, à moins d'être fétichiste. Et, avec la quantité impressionnante de marchandise qu'elle traîne, rien d'étonnant à ce qu'elle ait pris mon sac par inadvertance. Ça expliquerait aussi pourquoi elle était si convaincue d'être innocente et pourquoi elle a été si stupéfaite en voyant mes vêtements dans ses affaires. À moins qu'elle ne soit une comédienne géniale…

– Elle n'a sûrement pas fait exprès…, approuvé-je. Je crois que vous pourriez la laisser partir…

La quinquagénaire bombe le torse, satisfaite que je soutienne son histoire. En quelque sorte, je suis déçue. J'aurais presque aimé qu'elle aille au poste de police avec les menottes aux poignets. Ça lui aurait peut-être appris la gentillesse et l'humilité !

– Bon, c'est parfait, déclare le gardien de sécurité. Vous pouvez partir toutes les deux. Mais si jamais je reprends l'une d'entre vous à nouveau dans une histoire louche, vous allez entendre parler de moi !

À peine l'agent a-t-il prononcé ces mots que la dame en rouge est déjà partie en coup de vent. Je suis quelque peu soulagée. Sa présence m'étouffait. Mais c'est alors que je me rappelle le désastre de la robe de Grande Sœur. La crinoline est toujours déchirée. Mais qu'est-ce que je vais faire, moi ? N'en pouvant plus, j'éclate en sanglots devant l'agent de sécurité.

– Mais qu'est-ce qui se passe, ma petite ?

– La robe de bal de ma sœur… elle est fichue. Et elle vaut une fortune, en plus… Qu'est-ce que je vais faire, moi ? Maman va me tuer, c'est certain… Et ma sœur qui va à son bal demain…

– Alors, c'est la robe de ta sœur ? dit le gardien. Je crois que je commence à comprendre. Tu voulais l'essayer, c'est ça ?

Je hoche piteusement la tête en guise de réponse.

– À quel magasin du centre commercial l'as-tu achetée ? me demande-t-il. Je vais parler à la gérante.

Je lui mentionne le nom du commerce. L'homme me dit d'attendre et va téléphoner, un peu plus loin.

13 h 59 – Quelques minutes après, la gérante, celle-là même qui m'avait fait un compliment lorsque j'ai payé la tenue, arrive. Elle semble bien surprise de me voir là, dans le bureau de la sécurité, avec la robe déchirée.

Je lui explique la situation. Je lui avoue, du même coup, que c'est la robe de ma sœur et que je voulais simplement l'essayer. Je tente de la convaincre de la réparer si c'est possible ou de l'échanger contre une autre. Je lui promets mer et monde pour qu'elle accepte. Je suis prête à faire presque n'importe quoi pour régler la situation. Il faut absolument que je rapporte la robe de Grande Sœur ce soir. La gérante réfléchit. Elle s'approche et examine la crinoline d'un œil critique.

– On peut enlever la partie extérieure de la crinoline et la remplacer sans trop de problèmes, dit-elle finalement. Mais, avec le salaire de la couturière, plus le matériel et le fait que l'on doive retarder les autres travaux, ce ne sera pas gratuit. On compte sûrement dans les cinq cents dollars.

J'avale de travers. Aïe ! Je ne m'attendais pas tout à fait à ça. Mais, d'un autre côté, ce n'est pas si mal. Ça aurait certainement pu être pire. L'ennui, c'est que je n'ai pas un sou, à part les cinquante dollars d'argent de poche que je reçois chaque mois. Que pourrais-je faire pour payer tout ça ? Je ne peux pas appeler mes parents pour qu'ils paient la facture.

Maman m'a fait confiance, il faut que me débrouille toute seule, sinon j'aurais trop honte. Comment rembourser une telle somme ? Je doute qu'on me laisse partir avec la simple promesse que je vais leur donner toutes mes économies pendant une année entière.

Je vois, à leur regard perplexe, que la gérante et le gardien se posent la même question. Ils se doutent bien que je n'ai pas un tel montant sur moi. L'agent va donner un coup de téléphone et revient après quelques minutes.

– Bon, je crois avoir trouvé, déclare-t-il. Il y a une promotion, au rez-de-chaussée, pour le magasin. Une des nouvelles employées s'est désistée à la dernière minute. Tu peux prendre sa place et travailler gratuitement pour nous. Ce sera une façon de nous payer. Nous utiliserons l'argent du salaire que nous te donnerions normalement pour le travail de réparation de la robe. Tu travailleras ici, à temps partiel, jusqu'à ce que ta dette soit payée. Ça devrait durer environ trois semaines. Ça te va ?

– Merci, merci ! que je m'écrie. Vous êtes merveilleux ! Je ne vous remercierai jamais assez !

La gérante m'assure que la tenue sera prête à la fermeture du centre commercial, vers dix-sept heures. Ainsi, je pourrai l'apporter à l'heure prévue à la maison. En attendant, je dois entamer ma première journée de boulot. Je pourrai donc commencer à payer dès aujourd'hui. On m'a aussi fait signer un contrat pour s'assurer que je vais revenir. Ce n'est pas vraiment légal, car je ne suis pas majeure, mais je m'en fiche !

J'ai une dette envers le commerce et je vais m'en acquitter. J'ai des responsabilités et je ne veux pas agir comme un bébé en ne les respectant pas. Je veux démontrer que je suis digne de confiance et que je peux être traitée comme une adulte.

14 h 06 – Quelle horreur ! Pour faire la promotion du magasin, je suis affublée d'un costume de clown rose à pois verts, d'une perruque bleue et d'un nez rouge. Je me sens terriblement humiliée dans cet habit. Je dois me tenir à l'entrée et distribuer des coupons-rabais aux clients dans cette tenue. Au secours !

J'ai l'air ridicule et ce boulot est emmerdant. C'est routinier et pas très stimulant. Beurk ! Quand je parlais d'être traitée comme une grande personne, ce n'est pas ce que j'avais en tête. Il me reste près de trois heures à faire ce travail pourri. Comment vais-je passer à travers tout ce temps sans devenir malade d'ennui ? En ce moment, j'hésite fortement entre :

a) Me suicider sur-le-champ ;

b) Éteindre mon cerveau jusqu'à ce que j'aie terminé ma journée ;

c) Donner un si mauvais service que je serai renvoyée immédiatement ;

d) Prendre mes jambes à mon cou et ne plus jamais revenir.

Et dire que je vais devoir accomplir cette tâche pendant encore trois semaines ! Je vais mourir, c'est certain ! Et voilà comment j'ai réussi à gâcher une journée qui commençait pourtant si bien ! Ma bêtise m'a coûté cher.

17 h 09 – Ouf ! J'ai fini ma première journée de travail. Pendant les trois prochaines semaines, je vais devoir me présenter au magasin tous les jeudis et tous les vendredis soir ainsi que les samedis et les dimanches après-midi pour faire mon quart de travail. Je ne suis pas sortie de l'auberge. Qui aurait cru qu'une simple réparation de robe pouvait coûter si cher ?

De plus, je n'ose pas avouer à mes parents que je travaille gratuitement pour le magasin. Je ne veux pas qu'ils sachent ce qui m'est arrivé et tout ce que j'ai dû faire. Je m'arrangerai avec mes deux meilleures amies, Gabrielle et Laurie, pour cacher mon boulot à mes parents. Je leur ferai croire que je vais chez l'une d'entre elles.

Au moment où, complètement épuisée, je sors du magasin, la robe précieusement cachée dans un sac, j'aperçois une silhouette familière qui s'approche de moi : Thomas Lévesque. Quoi ! Il est resté tout ce temps-là dans les alentours ! Mais alors, il m'a sûrement vue dans mon costume de clown ! À l'aide !

Je crois que je ne pourrais pas être plus humiliée. Ça, c'est vraiment le bouquet. Après m'avoir vue me casser la gueule, être escortée comme une criminelle, il m'a aussi vue dans mon costume de clown ?

— Bonjour Amélie, dit Thomas. Je voulais juste te dire que… heu… tu étais très jolie dans ta robe noire. Ça t'allait vraiment bien.

Hum… peut-être que ce n'était pas une si mauvaise journée, en fin de compte…

Une idée qui a du chien !

par

Odette Bourdon

Aimes-tu les chiens ? Moi, je les adore. Et j'en ai eu plusieurs. William, superbe labrador blond, un chien de chasse et de compagnie agréable qui malheureusement a été victime d'un accident. La merveilleuse Cannelle l'a remplacé pour connaître elle aussi une fin tragique. Puis ce fut Vadrouille, un Lhassa Apso que j'ai eu pendant plus de quinze ans. À sa mort, je l'ai remplacée par Babette, un chien de la même race. Elle avait – j'ai le regret de le dire – un sale caractère ! Babette détestait les visiteurs, les enfants, les autres chiens. Une vraie « grippette », mais je l'aimais. Depuis qu'elle a disparu, je rêve d'un nouveau toutou qui serait doux et calme !

Karine aussi aime les chiens, et c'est cet amour qui l'inspirera dans son projet de faire un peu de sous… Une petite nouvelle en souvenir de ma Babette à moi !

Enfin! Je l'avais trouvée, cette idée qui me permettrait d'amasser rapidement assez d'argent pour me procurer un iPod. Je serais enfin comme tout le monde ! J'étais la seule – ou presque – dans ma classe de première secondaire à ne pas en posséder un. Et j'étais *full* frustrée ! Mais cela n'allait pas durer.

J'avais déjà rédigé une petite annonce : *« Jeune responsable et expérimentée garderait vos chiens pendant la semaine de relâche scolaire. Coût raisonnable. Téléphoner à Karine au 444-0102. »*

Depuis toujours, je rêvais d'avoir un chien bien à moi. Mes parents refusaient obstinément. Question d'allergie, de poils

sur les fauteuils, d'aboiements qui pourraient déranger les voisins, d'odeur de
chien, de crottes à ramasser, et j'en passe.

– Ça sent mauvais un chien… ça sent
la bête, disait ma mère en se pinçant les
narines.

Elle levait le nez, hautaine. Comme si
ce n'était pas dans l'ordre des choses
qu'une bête sente la bête ! Il faut que je
vous dise que j'adorais mes parents, mais
autant ma mère que mon père se prenaient plus qu'au sérieux. La maison ce
n'était pas une maison, c'était un véritable
musée : bibelots, masques et sculptures
rapportés d'Afrique ou d'Orient, fines
dentelles de Belgique, collection de coqs
du Portugal peints à la main, sans oublier
le précieux trésor de ma mère, une collection de 148 œufs cueillis aux quatre coins
de la planète, auxquels elle tenait comme
à la prunelle de ses yeux. Chacun avait
son histoire et évoquait une escapade
quelque part dans le vaste univers.

Bref, toutes les raisons étaient bonnes
pour m'empêcher de réaliser le rêve le
plus cher que je caressais : avoir un chien
bien à moi. Enfin pouvoir faire de longues
promenades dans le parc, ne pas être
seule, bichonner mon compagnon, le

cajoler, le brosser puis enfouir ma tête dans sa fourrure…

À défaut d'en posséder un, j'en aurais quelques-uns pendant la semaine de relâche. Et je me ferais des sous!

☺

Mes parents s'absentaient pour un mois. Ils se rendaient en Angleterre, visiter ma tante Hélène, l'une des sœurs de ma mère. J'avais donc le champ libre. Et j'allais en profiter. Tante Isabelle qui s'installait à la maison pour s'occuper de moi (!) était une gardienne très permissive. C'est plutôt moi qui devais souvent la retenir de ne pas faire trop de bêtises. Elle avait vingt ans, mais, ma foi, elle était plus bébé que moi qui venais d'en avoir treize!

Le taxi qui conduisait maman et papa à l'aéroport venait à peine de tourner le coin de la rue que je me précipitais au petit centre commercial pour poser mes affichettes déjà prêtes. Les adieux avaient été des plus déchirants. Et ma mère avait insisté auprès de sa sœur Isabelle:

– Surveille-la bien, qu'elle ne fasse pas de bêtise!

Et j'avais répliqué en riant:

– Et vice versa !

Tout le monde s'était esclaffé, mais je sentais un brin d'inquiétude et de scepticisme dans le regard de ma mère.

☺

– Karine ? Qu'est-ce que tu fais ?

Morgane lit mon texte à haute voix et n'en croit pas ses yeux.

– Garder des chiens ? Mais tu n'y connais rien… Ce n'est pas si facile que ça et surtout, c'est très exigeant… Je le sais, chez nous on a un Saint-Bernard !

– Un Saint-Bernard ! Mais tous les chiens de cette terre ne sont pas des mastodontes comme ton grizzly. Il y en a plein de petits mignons qui adorent se laisser bichonner…

– En tout cas, c'est ce que je te souhaite, dit-elle en riant et en m'imitant pour me ridiculiser. *Des petits mignons qui adorent se laisser bichonner !* En tout cas, bonne chance !

☺

Je venais à peine d'installer mon annonce sur le tableau en liège du grand marché d'alimentation du quartier, que déjà quelques personnes la parcouraient des yeux. C'était prometteur ! Une nouvelle affichette trouva place près de la caisse enregistreuse de l'animalerie *Au beau toutou*, et une autre, à côté du guichet automatique de la Caisse populaire.

Avant de retourner à la maison, je suis allée au cinéma avec Morgane. Je savais que mon travail ne me permettrait pas beaucoup de loisirs, à part les sorties rituelles pour toutous.

Nous avions arrêté notre choix sur *King Kong,* qui venait tout juste d'arriver sur les écrans. À maintes reprises pendant la projection, Morgane pouffait de rire et insistait lourdement en me poussant du coude :

– Tu vois, Karine, dans l'univers il n'y a pas que des petits mignons qui adorent se laisser bichonner.

Tout en haussant les épaules, je lui répétais, même si elle ne voulait rien entendre :

– Tu m'énerves sérieusement à la fin ! Tu vas voir. Cette semaine de vacances va passer comme un rêve. Ça va être trop court… J'espère ne pas trop m'attacher aux chiens dont j'aurai la garde.

– Pourvu que ton rêve ne se transforme pas en cauchemar…

☺

Un homme avait laissé le premier message à mon répondeur. Il était question d'un rottweiler, bon gardien mais gentil, et d'un voyage d'affaires qui devait durer trois jours. Ensuite, une dame que j'imaginais chétive à cause de sa toute petite voix, me parlait de sa Babette, un Lhassa Apso tout à fait charmant, insistait-elle, qui, néanmoins, avait son petit caractère et qu'elle voulait faire garder ; elle devait à tout prix prendre quelques jours de repos. « C'est une question de survie », avait-elle confié, presque honteuse et au bord des larmes. Et finalement, une petite Morgane qui tentait de déguiser sa voix. Elle devait trouver un logement pour son tout petit grizzly !

– La coquine, pensai-je en effaçant son message !

Avant même de retourner les appels, je décidais d'aménager ma chambre en conséquence. Les chiens seraient gardés exclusivement dans cette pièce, afin de ne rien déranger. Il fallait que mes parents ignorent que j'avais fait entrer des chiens dans la maison.

Isabelle, qui me regardait faire, n'en revenait pas.

– Tu es bien courageuse, ma pitchounette ! Mais je te le dis d'avance, ne compte pas sur moi… Moi, je serai occupée à visionner la troisième série de *24 heures chrono,* que j'ai manquée à Télé-Québec. Comme j'allais au gym le mardi soir, une amie a eu l'extrême gentillesse de m'enregistrer les vingt-quatre épisodes. Et là, je vais me régaler !

Tout en l'écoutant, je tapissais le plancher de papier journal. Je changeais de place les objets trop fragiles. Les bibelots et autres souvenirs auxquels je tenais particulièrement, je les hissais jusqu'au sommet de mon étagère.

☺

Le lendemain matin, en route pour aller cueillir mes pensionnaires, je parlais à Morgane pour me rassurer. Pour dire vrai, je craignais le rottweiler. Par contre, j'étais impatiente de câliner la Babette. Morgane riait de moi et ne s'en cachait pas.

Mon premier pensionnaire m'effraya. Une bête tout en muscles avec une vraie tête de tueur. Pas rassurant !

– Il pèse plus de trente kilos, me confia son maître, très fier de son rottweiler. Gédéon est très obéissant et affectueux. C'est une soie !

Les adieux du maître et du chien ne furent pas sans émotions.

Ma merveilleuse amie Morgane prit Gédéon en charge et alla lui faire faire une grande marche avant de le conduire chez moi.

Maintenant, je mourais d'impatience d'aller cueillir la petite Babette.

☻

J'avais à peine gravi deux marches de l'escalier qui menait au troisième qu'une cascade de petits jappements aigus m'éraillait les oreilles ! Pas besoin de sonnerie à la porte avec une telle gardienne. Quelles cordes vocales !

La cliente que j'imaginais toute mince et pointue à cause de sa voix se révéla être une grosse dame à l'air découragé et tout en douceur… qui semblait au bord de l'épuisement. On aurait dit que sa petite

Babette la terrorisait. Je me retenais pour ne pas pouffer de rire. La corpulente institutrice se faisait mener par le bout du nez par son toutou.

En installant le collier au cou de Babette, j'ai failli me faire mordre. Elle était furax.

– Euh ! Elle est un peu agitée de ce temps-ci, me rassura Mme Smith, nerveuse.

C'est à ce moment précis que j'ai remarqué les cernes qui creusaient les yeux de la dame épuisée, mais je n'y ai pas pris garde. En prenant la laisse qu'elle me tendait avec le chien, à qui elle avait réussi, non sans difficulté, à mettre le collier, j'entendis comme un soupir de soulagement.

J'aurais bien aimé porter la petite bête blanche et noire dans mes bras, sauf que chaque fois que je tentais de la prendre, elle grognait. Mais comme j'adorais les chiens, surtout les mignons comme Babette, j'étais sûre qu'à la maison elle agirait autrement.

Mon arrivée catastrophique me prouva, hélas, le contraire.

La belle petite boule de poils bien brossés cachait un véritable monstre. Enragée, Babette fit tomber les vingt-quatre cassettes vidéo qu'Isabelle avait placées dans l'ordre pour les visionner. Puis, elle arrosa généreusement le beau tapis du salon.

Entrée dans ma chambre, elle se déchaîna littéralement. Le gros Gédéon trouva refuge sous mon lit et s'y terra en tremblant.

Le rottweiler que j'avais tellement craint était un ange de patience et de douceur. Et la belle petite Babette, une terreur!

J'étais découragée. C'était dimanche et je devais garder les chiens jusqu'au mercredi soir. C'est sans doute la fois dans ma vie où j'ai eu l'air le plus fou... J'étais affolée. Je pleurais sans pouvoir m'arrêter.

Une fois encore, c'est ma merveilleuse Morgane qui vint à mon secours. Cette indéfectible amie de qui, je le jure, je ne dirai jamais de mal, m'a sauvée du désespoir.

– Il faut les séparer quelque temps. Je demande l'aide d'Isabelle.

Convaincue par Morgane, Isabelle, qui n'aimait vraiment pas les chiens, accepta de prendre Babette sous sa garde. Autoritaire et ferme, elle réussit rapidement à avoir le dessus sur la petite bête qui, penaude, allait devoir se farcir les vingt-quatre épisodes de cette série américaine où l'intrigue ne permet pas de répit. Pas un grognement ne fut permis. Et pas question de japper. Isabelle avait réussi à la maîtriser. Enfin, je pouvais respirer et m'amuser avec un charmant toutou, le gros Gédéon si impressionnant.

Je comptais les *dodos* comme les petits enfants. J'avais terriblement hâte au mercredi. Chaque heure passée sans dégât irréparable m'apparaissait comme une bénédiction.

La dernière nuit, Gédéon ronflait sous mon lit quand je fus réveillée par des grattements. Babette était en train de décaper la porte de ma chambre !

– Merde !

Mais le mal était fait. Je m'aperçus que j'avais eu tort de prendre cette initiative. Tout compte fait, les dommages auraient pu être bien pires.

Et malheureusement, ils le furent…

☺

Morgane et moi avions les chiens bien en laisse, les bras chargés des sacs contenant leurs effets, bols, nourriture, etc. Nous étions prêtes à partir.

Trop heureux de quitter sa garderie, Gédéon agita vigoureusement la queue et fit voler en éclats un des œufs de la collection de maman. Celui de la Tunisie, je pense. Isabelle se précipita pour le ramasser et me jura qu'elle le recollerait et que rien n'y paraîtrait.

Gédéon fut accueilli par un maître si heureux qu'il nous laissa un très généreux pourboire. La satanée Babette retrouva sa grosse maîtresse docile. Morgane, avec doigté, suggéra à la dame d'être « un peu plus ferme » avec son chien. Mais, à peine la porte refermée, les jappements stridents de la diablesse recommencèrent de plus belle.

J'ai arraché mes annonces au centre commercial. Je veux profiter pleinement des quelques jours de congé qu'il me reste. Je me prépare à tout raconter à mes parents. Je sais que ma mère voudra m'étrangler quand elle apprendra la vérité. Et elle n'aura pas tort. Mais je suis si contente d'avoir retrouvé ma chambre à moi toute seule, ma liberté et ma musique. Il me reste trois semaines de sainte paix avec mon Isabelle qui *trippe* fort sur la télé et qui ne vaut rien comme *réparatrice* d'œufs brisés, mais qui a un cœur en or.

À propos d'œuf brisé, je rêve peut-être, mais j'en ai vu un presque identique au *Dollarama*! C'est là que je m'en vais tout en écoutant ma musique sur mon nouveau iPod!

Le cirque arrive en ville

par

Isabelle Larouche

Ce n'est pas difficile pour moi de penser à des moments où j'ai déjà eu l'air fou. Il faut l'avouer, je suis du genre à être dans la lune et je me retrouve parfois dans des situations assez embarrassantes. Pour écrire cette histoire, je me suis demandé s'il arrivait aussi aux gens de faire des gaffes, dans l'ancien temps. Je me suis alors souvenue de ce que ma grand-mère racontait souvent, alors qu'un très grand cirque était sur le point d'installer son chapiteau tout près de son village...

– **E**ST-CE QUE tu vas y aller ? demande Claudette en relevant les manches de sa robe paysanne.

– J'aimerais bien ça, mais ça dépend de ce que mes parents diront, répond Albert en haussant les épaules. On a pas mal de travail aux champs ces jours-ci et ils ont besoin de moi.

– De quoi parlez-vous, Clo-Clo et Ti-Bé ? demande Yvonne en s'approchant des deux enfants qui marchent vite en sortant de la petite école.

– Ma pauvre Yvonne, soupire Clo-Clo. Tu es bien la dernière fille à ne pas savoir que le grand cirque Barnum and Bailey va s'arrêter à Roberval le mois prochain.

– T'es pas sérieuse ! s'écrie la fille de neuf ans. C'est mon plus grand rêve de voir ça ! Comment le savez-vous ?

– C'était écrit dans la *Gazette* de samedi dernier, dit Claudette en sortant une coupure de la poche de son tablier de coton. Regarde !

Yvonne n'en croit pas ses yeux. Sur le morceau du journal, il est écrit : *Mesdames et messieurs, enfants de tout âge ! Préparez-vous au plus grand spectacle au monde : le cirque de Barnum and Bailey arrive en ville !*

C'est bien le cirque dont son oncle Ti-Louis a tant parlé lors des soirées de famille. Alors qu'il était boxeur au Maine, l'oncle Ti-Louis a eu la chance d'y assister une fois.

– Des animaux d'Afrique, je vous dis ! Avec des acrobates et des clowns ! Ils voyagent partout aux États, expliquait-il encore à toute la parenté attroupée autour de lui. Ils arrivent sur un train qui mesure un mille de long. Puis, ils construisent un énorme chapiteau rouge et blanc. Une moyenne tente, je vous dis ! Tout ça pour émerveiller les grands et les petits. C'est... magique ! continuait l'oncle Ti-Louis. Jamais je n'oublierai tout ce que j'ai vu au cirque Barnum and Bailey, jamais !

Alors que l'oncle boxeur racontait, ses narines frémissaient aux délicieuses odeurs de frites, de maïs soufflé, de pommes au caramel et de barbe à papa que personne ici dans le village n'a déjà eu la chance de goûter.

« Rien au monde ne me fera manquer ça ! » pense Yvonne en prenant sa petite sœur Bernadette et son petit frère Maurice par la main, sur le chemin du retour à la maison.

☺

La maison familiale est située au bout du petit village de Sainte-Hedwidge. Yvonne est la cinquième d'une famille de huit enfants. En plus de s'occuper de ses frères et sœurs, ses parents cultivent la terre et élèvent quelques poules, quatre vaches, un cheval et six cochons. On est en 1936 et la vie n'est pas toujours facile. Le soir, après l'ouvrage, ses parents parlent souvent de la Crise comme étant la terrible catastrophe qui a englouti toutes les économies des pauvres gens. Mais Yvonne n'est qu'une petite fille pleine de rêves et elle ne comprend pas toujours ce que les adultes racontent.

En arrivant de l'école, Yvonne retrouve ses deux grandes sœurs, Germaine et Laurette, qui aident sa mère à étendre la lessive sur la corde à linge. Le petit Charles, qui a trois ans, s'amuse sur la grande galerie tandis que ses frères aînés, Aimé et Romuald, aident leur père aux champs. Ne sachant pas trop comment aborder le sujet du cirque de Barnum and Bailey, elle décide d'attendre au souper.

☺

– Barnum and Bailey, tu dis ? gronde son père en déposant le bol de patates fumantes sur la table. Ils ne viennent pas à Sainte-Hedwidge, toujours... C'est bien trop petit ici !

– Mais non, papa, ils vont installer leur chapiteau à Roberval.

– Et tu vas y aller à pied, j'imagine ? Tu sais que c'est à presque une heure de cheval d'ici.

– Oui mais..., interrompt Aimé, vu que plusieurs enfants y vont aussi, il paraît que mon oncle Joseph va emmener tout le monde dans sa voiture à cheval.

– Cré Joseph ! rigole son père. Il ne changera pas ! Ton frère a le sens de l'organisation, hein, ma douce ?

La mère d'Yvonne toussote un peu dans son mouchoir, puis elle ajoute d'une voix tremblotante :

– Moi, ça me rend nerveuse toute cette histoire. Roberval, ce n'est pas à la porte. Puis j'ai entendu dire que dans ce cirque, ils volent les enfants pour les transformer en bêtes de scène.

– Bien voyons donc ! crie le père en se redressant sur sa chaise. Voir si on volerait une petite fille comme mon Yvonne pour en faire un vrai singe savant !

– En tout cas, moi ça ne m'intéresse pas d'y aller, dit Germaine. J'ai promis à Laurette de l'emmener se baigner avec les cousines Fortin ce jour-là.

– Hé ! sœurette, continue Aimé, t'as peut-être oublié qu'on y allait aussi, moi puis ton frère Romuald ! On veut essayer la chaloupe sur le lac.

– Il n'y a rien au monde qui va m'empêcher de voir le Cirque Barnum and Bailey, affirme Yvonne.

– Mais comment vas-tu payer ton billet, ma pauvre chouette ? demande sa mère. Tu sais bien que nous n'avons pas beaucoup d'argent. Ton beau sourire ne suffira pas à passer aux guichets, je te le dis.

– Je vais travailler ! déclare fièrement la petite fille, du haut de ses neuf ans.

Tout le monde autour de la table se met à rire, même le petit Charles, assis dans sa chaise haute, le visage tout barbouillé de sauce.

– Travailler ? Mais mon trésor, renchérit son père, tu n'es qu'une petite fille qui va encore à l'école. Le billet à lui seul coûte 5 cennes, puis tu n'as pas encore mangé, là-dessus. Tu ne peux quand même pas y aller sans manger les bonnes frites dont nous a tant parlé l'oncle Ti-Louis, n'est-ce pas ?

– Je vais faire tout ce que je peux. Le cirque arrive dans un mois et je crois que, si je travaille très fort, je serai capable de ramasser l'argent nécessaire pour y aller.

Un court silence s'installe autour de la table. La petite Yvonne Pelchat a bien du courage et de la détermination, et cela ne manque pas d'impressionner tout le monde.

– Si tu fais la vaisselle à ma place pour tout le mois de juin, je te donnerai deux cennes, promet Germaine, avec un petit clin d'œil pour son entêtée de sœur.

– Marché conclu, accepte Yvonne d'un large sourire. Je commence dès ce soir.

– Euh, dit son père en hésitant, si tu n'as pas peur de te salir, tu peux aussi venir nous aider à nettoyer l'écurie, la porcherie et le poulailler. Tes frères, Aimé et Romuald, puis moi, on va te donner trois cennes pour ton travail. Je te le dis tout de suite, c'est réservé aux garçons, d'habitude, mais comme tu as l'air si résolue…

– J'accepte volontiers, lance joyeusement la petite Yvonne en embrassant son père.

– Batêche ! s'exclame son père. Jamais j'aurais cru que nettoyer les saletés des animaux ferait autant plaisir à mon fillon comme ça ! Avoir su…

– C'est ça, se plaint sa mère. Encouragez-la. Moi je persiste à dire que toute cette affaire de cirque en ville n'est pas une bonne idée. C'est dangereux !

☺

De retour à la petite école du village, tous les enfants parlent de l'événement. Mademoiselle Frégeau a bien du mal à garder l'attention de ses élèves et elle doit souvent intervenir pour ramener le silence dans la classe. Aux trois coups de frappoir annonçant le début de la récréation, les enfants se réunissent dans la cour pour discuter.

– Je ne peux pas y croire ! jubile Anasthasia, la voisine d'Yvonne. Mes parents sont d'accord pour que j'y aille !

– Moi aussi ! continue Bidou, le fils de l'épicier. J'y vais avec ma grande sœur.

– Mes parents disent que je pourrai y aller seulement si j'ai de bonnes notes à l'école, marmonne Anatole en lançant un caillou en direction de la forêt.

– Et toi, Yvonne, vas-tu y aller ? s'informe Anasthasia.

– Oui, ma chère ! répond-elle en contenant son excitation. Mais il faut que je travaille très fort pour gagner mes sous.

– J'ai tellement hâte de voir les tigres ! lance le gros Bidou. Les lions, les éléphants et le dompteur avec son fouet !

– Moi, ajoute Yvonne en croisant ses mains sur sa poitrine, ce sont les acrobates que je veux voir. Mon oncle Ti-Louis dit qu'ils peuvent voler comme des hirondelles !

– C'est une chance que ton oncle Joseph ait accepté de nous accompagner tous au cirque. Sans lui, remarque Anatole, on n'aurait peut-être pas pu y aller.

En effet, l'oncle Joseph s'est porté volontaire pour conduire la quinzaine d'enfants à Roberval. Il a fait la promesse de garder un œil attentif sur chacun d'entre eux comme s'ils étaient la prunelle de ses yeux. L'oncle Joseph a l'habitude des enfants, étant lui-même père d'une très grande famille. Et puis, il a toujours rêvé en secret de voir le cirque Barnum and Bailey, alors il ne pouvait pas laisser passer sa chance, lui non plus.

☺

De retour à la maison à la fin de la journée, Yvonne s'empresse d'aller aider ses grands frères et son père à nettoyer l'enclos des cochons, des vaches, des poules et du cheval. Même si l'ouvrage est répugnant et difficile, elle ne rechigne pas. Pour s'encourager, elle se dit que son rêve va se réaliser grâce à chaque effort qu'elle fait. Dans sa tête, la petite rêveuse entend déjà les applaudissements de la foule après le numéro d'un clown rigolo et les rugissements d'un tigre avant de sauter dans un anneau de feu.

Au souper, Yvonne annonce que Mlle Frégeau a accepté de lui donner deux sous si elle l'aide à nettoyer les pupitres et les ardoises après l'école, tous les vendredis du mois de juin.

— Tu vas te morfondre, ma fille, à travailler comme ça à gauche et à droite, remarque sa mère.

— T'en fais pas, maman. Ce n'est que pour quatre semaines ! Mais il me faut trouver encore un peu de travail pour gagner les cennes qu'il me manque.

— Bien, ta grand-mère a besoin d'aide pour sarcler son jardin, continue sa mère. Si tu vas l'aider, dimanche prochain, elle te donnera une belle cenne. Elle est au courant que tu te cherches de l'ouvrage et c'est elle qui m'en a parlé.

— Ça va me faire plaisir de passer du temps avec grand-maman, dit Yvonne. Tu verras, il ne restera plus une seule mauvaise herbe dans ses petits rangs d'oignons serrés.

— Que dirais-tu d'aller porter quelques œufs à la veuve Simard tous les matins ? suggère son père, qui veut bien aider. Je suis sûr que cette vieille pimbêche a quelques sous en trop à te donner pour ce bon service. En plus, c'est sur ton chemin pour aller à l'école.

— À bien y repenser, continue sa mère, M. Gagnon, à l'autre bout du village, se plaint que ses cochons sont bien maigres. Va donc leur porter quelques pelures de patates et des retailles de légumes, ce soir après souper, je m'arrangerai pour qu'il te paie une cenne ou deux. C'est mieux que rien, non ?

– C'est parfait, maman chérie ! Merci beaucoup !

Dans sa tête, Yvonne voit déjà les éléphants avancer sur la piste à la queue leu leu, comme lui a tant décrit son oncle Ti-Louis. Elle s'imagine assise à l'avant, un sac de maïs soufflé en main et un verre de limonade entre les genoux. Les musiciens jouent si fort que ça lui fait mal aux oreilles, sans compter les cris des enfants présents. Puis elle voit le maître de piste entrer, avec sa moustache en forme de guidon de bicyclette et son haut-de-forme noir sur la tête. Il ouvre la bouche et annonce : « Mesdames et messieurs, enfants de tout âge ! Que le plus grand spectacle au monde commence ! »

☺

C'est le premier samedi de juillet et le grand jour est enfin arrivé. Yvonne revêt sa robe du dimanche et demande à sa sœur Laurette de l'aider à nouer une boucle jaune dans ses cheveux. Elle enfile ensuite son précieux dix cennes dans la poche de son tablier, puis elle embrasse tout le monde avant d'aller sur la grande galerie, d'où elle pourra voir arriver l'oncle Joseph et sa voiture à cheval remplie d'une quinzaine d'enfants. Sa sœur Bernadette et son frère Maurice la regardent d'un air envieux.

– Vous êtes bien trop petits pour aller au cirque, vous deux, dit Yvonne d'un ton railleur. Je l'ai bien gagné en tout cas. Regardez ma belle pièce de monnaie. Comme elle brille ! On dirait un vrai diamant, vous ne trouvez pas ?

– Fais-y attention à ta pièce, la prévient sa mère, toujours aussi inquiète de voir partir sa petite fille comme ça. Tu pourrais bien la perdre.

– Jamais de la vie ! Voyons donc !

Une fois l'heureux cortège arrivé, Yvonne prend place avec les autres garçons et filles qui ont le sourire fendu jusqu'aux oreilles.

– En avant toutes pour le grand Cirque Barnum and Bailey ! crie l'oncle Joseph en fouettant les fesses de sa vieille jument.

Le petit cœur d'Yvonne est prêt à exploser. Tant d'efforts et de sacrifices enfin récompensés ! La voilà maintenant entassée avec Clo-Clo, Ti-Bé, Anasthasia, Bidou, sa grande sœur et tous les autres sur la longue route entre Sainte-Hedwidge et Roberval. La voiture à cheval de l'oncle Joseph se transforme en carrosse, comme ceux qu'on décrit dans les contes de fées. Les arbres défilent un à un en leur faisant la révérence. Les oiseaux au-dessus de leur tête chantent haut et fort pour annoncer leur arrivée dans la grande ville. L'air est bon et parfumé comme les belles dames poudrées sous leurs grands chapeaux. Puis, à mesure qu'on se rapproche de Roberval, les voitures à cheval se font plus nombreuses et les routes se resserrent de plus en plus. Il y a même quelques vraies automobiles ! Il faut préciser que ce ne sont pas seulement les garçons qui ont la bouche bée en voyant les machines[*] les dépasser à vive allure ! Contrairement à celles de leur petit village de campagne, les maisons de Roberval sont toutes

---

[*] Machine: dans l'ancien temps, c'est ainsi qu'on désignait les automobiles.

collées les unes sur les autres. Il y a de grands édifices, un hôpital et de belles églises. Puis, tout près du grand lac Saint-Jean, Yvonne aperçoit le fameux chapiteau rouge et blanc du cirque Barnum and Bailey. Même la vieille jument de l'oncle Joseph piaffe d'impatience.

– Nous y sommes, les enfants ! annonce le grand homme, qui soulève adroitement son chapeau à la vue d'une belle dame passant tout près. Pas trop fatigués du voyage, j'espère ?

– On a un peu mal aux fesses, mais ça ira ! avoue la grande sœur de Bidou. Venez, les enfants. On va se mettre en ligne pour acheter notre billet d'entrée.

Les enfants sont excités, ça se voit bien. L'oncle Joseph sort ses gros yeux pour essayer de les calmer, mais il arrive mal à cacher sa propre frénésie. Yvonne plonge sa main dans la poche de son tablier pour s'assurer que sa pièce de monnaie y est encore. Par pure coquetterie, elle décide ensuite d'enlever son tablier de coton blanc, car elle a remarqué qu'aucune de ces belles dames de la ville n'en porte un. Puisque sa robe du dimanche n'a pas de petite poche pour contenir son trésor, elle décide donc de mettre son dix cennes dans sa bouche avant d'aller rejoindre les autres enfants dans la longue file d'attente.

– Tu viens Yvonne ? demande Anasthasia.

– Hmmm…, marmonne-t-elle, les lèvres serrées.

– Pince-moi, veux-tu ? Je crois que nous sommes en train de rêver. Tu as vu combien il est grand, ce chapiteau ?

– Hmmm !

– J'ai si hâte de voir le spectacle ! Nous sommes tellement chanceux d'être ici, tu te rends compte ?

– Hmmm…

Yvonne profite de sa chance, c'est certain. Elle est en train de vivre le rêve de sa vie ! Sa pièce de monnaie sur la langue, elle pense à tout ce qu'elle a dû faire pour arriver jusqu'ici. Ça vaut bien la peine d'avoir lavé la vaisselle, nettoyé le poulailler, la porcherie, l'enclos des vaches, l'écurie, nourri les cochons de M. Gagnon, sarclé le jardin de grand-maman, livré des œufs frais à la veuve Simard et aidé Mlle Frégeau avec ses ardoises et son tableau pendant tout un mois ! C'est la saveur de son dur labeur qu'elle savoure en retournant le dix cennes dans sa bouche. Alors qu'elle attend avec les autres pour acheter son billet d'entrée, des senteurs de frites, de maïs soufflé, de pommes au caramel et de barbe à papa grimpent maintenant à ses narines. C'est peut-être à cause de la longue route en voiture à cheval, l'excitation qui lui coule dans les veines ou toutes ces odeurs qui lui remuent le ventre, mais la pauvre Yvonne commence à avoir le hoquet.

– Hic ! Hoc ! Hic ! fait-elle.

– Mais qu'est-ce qui te prend ? demande Bidou.

– Hic ! Hoc ! Hic ! continue-t-elle encore sans pouvoir parler davantage.

– Prends une bonne respiration ma belle, suggère la grande sœur de Bidou. Ça va passer. Bientôt, on sera tous assis sous le chapiteau et ton hoquet disparaîtra aux premières secondes du spectacle. Tu vas voir…

– Hic ! Hoc ! HIC !… OH NON !!! crie soudainement la pauvre Yvonne.

– Mais quoi encore ? s'impatiente Bidou.

– J'AI AVALÉ MON DIX CENNES !

– T'es pas sérieuse, se désole Anasthasia. Comment as-tu pu faire cela ?

☺

Personne ne peut aider Yvonne, qui a avalé sa pièce de monnaie. Pas même son bon oncle Joseph, qui fouille dans ses poches et n'arrive qu'à trouver que trois sous, ce qui est insuffisant pour lui payer son billet.

– Ma pauvre Vo-vonne, dit-il tout déconcerté. Je te donnerais bien ma place, mais j'ai promis aux parents de ces enfants que je resterais avec eux pour les surveiller. Quelle idée as-tu eue de garder ta pièce de monnaie dans la bouche, aussi !

– Faudra attendre quelques jours pour la récupérer, ne peut s'empêcher de dire Ti-Bé en ricanant. Un peu de jus de pruneau… et le tour sera joué !

– Oui, mais le cirque aura plié bagage et ce sera trop tard, précise Clo-Clo d'un air taquin.

Yvonne doit donc attendre dans la voiture à cheval que le spectacle se passe et que vienne le temps de rentrer à la maison. Seule avec la vieille jument, elle pleure comme jamais elle n'a pleuré avant. Elle entend les applaudissements et les rires des enfants sans jamais avoir pu voir le spectacle.

En larmes, mais aussi tellement désemparée, Yvonne fait le chemin du retour en écoutant les histoires des autres enfants, tout émerveillés d'avoir vu le cirque Barnum and Bailey, et en se disant qu'elle vient de vivre le moment le plus embarrassant de sa vie.

Miroir, miroir

par
Yanik Comeau

Je me partage entre plusieurs métiers que j'aime tous presque également (si c'est possible!) : je suis écrivain (bien sûr!), mais aussi comédien, professeur de théâtre, metteur en scène, journaliste et même éditeur puisque j'ai fondé une maison d'édition qui publie mes pièces de théâtre pour enfants et adolescents. Mon métier le plus important, cependant, celui qui me tient le plus à cœur, est celui de père à temps plein à la maison avec ma fille Charlotte. Parlant de Charlotte, tu remarqueras que le personnage principal de Miroir, miroir *porte ce prénom. Mais ce n'est pas seulement parce que je l'aime et que je l'ai donné à ma fille, mais aussi parce que, dans la nouvelle histoire que je te propose ici, je revisite des personnages de ma nouvelle « Étienne Desloges aux premières loges! » publiée dans le recueil* Les nouvelles du sport, *en 2003.*

AUJOURD'HUI, j'ai l'impression de vivre sur une autre planète. Une planète où je ne sais pas comment faire les choses comme il faut, où rien ne semble se passer comme ça devrait. C'est le genre de jour où l'on se demande quelle idée on a eu de se lever. Et la journée est vraiment mal choisie parce que j'ai un horaire de fou!

– Et c'est coupé! Excellent! Merci, tout le monde!

C'est la voix de mon réalisateur, Pierre Soulières. Enfin... l'un de mes *quatre* réalisateurs principaux. Celui qui réalise la moitié des épisodes de *L'Hôtel du chat blanc,* une des deux émissions de télé dans lesquelles je joue.

Nous venons de terminer le tournage du dernier épisode de la deuxième saison. Moi, je ne suis pas encore vraiment en vacances parce que les enregistrements de mon autre série, *L'Univers de Robert*, ne sont pas terminés. J'en ai pour quelques semaines… et j'ai l'école jusqu'à l'été, bien sûr !

– Change de tête, Charlotte ! me lance Pascale, l'assistante à la réalisation, avec un sourire rassurant. Tu t'en es très bien tirée.

Ouais… heureusement ! Quelle humiliation ! Quand je suis arrivée au studio, ce matin, je me suis rendu compte que j'avais appris mes textes de *L'Univers de Robert* au lieu de ceux de *L'Hôtel du chat blanc* ! Tu imagines ? Dans *L'Hôtel du chat blanc*, je joue Anaïs, une petite hystérique riche et prétentieuse qui passe son temps à courir les magasins de chaussures, alors que, dans *L'Univers de Robert*, je joue Émilie, une jeune paysanne pauvre qui travaille dans une mine de charbon et qui souffre de tuberculose au début du XXe siècle. Pas tout à fait le même genre de dialogues à apprendre, hein ?

Quand je pense que c'était la première fois que je disais à ma mère : « Non, non, maman… laisse-moi seule ! Je n'ai plus besoin d'aide pour répéter mes textes ! » Si j'avais fait comme d'habitude, si je m'étais fiée à elle, je ne me serais pas mise dans un tel pétrin. Ma mère, c'est la *super woman* qui gère mes horaires, qui s'assure que ma carrière de comédienne ne nuise pas à mon rendement scolaire et qui me donne la réplique pour m'aider à apprendre mes textes sur le bout de mes doigts. Elle trouve aussi le moyen de m'élever sévèrement pour que je ne devienne pas une tête enflée ou une tête folle, tout en maintenant son statut de super complice et amie. Je ne sais pas comment elle fait…

Heureusement, ce matin, je n'avais pas trente-deux scènes à tourner et, surtout, elles n'étaient pas consécutives, alors j'avais beaucoup de temps d'attente entre chacune. Ainsi, j'ai pu apprendre mes répliques en catastrophe, une scène à la fois, pendant que se tournaient les séquences dans lesquelles je ne jouais pas.

Le métier de comédien, contrairement à ce que l'on a tendance à croire, n'est pas toujours de tout repos. Oui, c'est amusant d'enfiler des costumes, de se transformer en différents personnages qui sont loin de nous ressembler, de se voir à la télé ou au cinéma, de se faire applaudir sur une scène de théâtre, mais... c'est aussi un métier qui demande beaucoup de travail, de concentration, de rigueur... et d'organisation !

Un peu plus tard, dans la loge où je me démaquille, je confie à Pascale :

– Je n'ai jamais eu si honte de toute ma vie !

– Tu es jeune encore, lance mon amie technicienne. Tu vas être humiliée bien plus que ça dans ta vie, ne t'inquiète pas !

– Ça m'encourage ! dis-je ironiquement, complètement découragée. Tout le monde riait de moi !

– Mais non, voyons ! Ils riaient *avec* toi.

– Eh bien ! moi, je ne riais pas du tout ! Je voulais mourir !

C'est au tour de Pascale de rire avant de dire :

– Ah, les comédiens ! Vous avez le sens de la tragédie, ça, c'est certain. Tout s'est arrangé, voyons ! Ce n'est pas la fin du monde !

Peut-être pas, mais disons que je suis bien contente que les tournages de *L'Hôtel du chat blanc* fassent relâche pour quelques semaines avant de reprendre pour la prochaine saison. Ça donnera au moins à tout le monde le temps d'oublier ma gaffe de ce matin. En tout cas, moi, j'ai eu toute une leçon d'humilité.

Heureusement, j'ai l'occasion rêvée de me changer les idées puisque maman vient me chercher au studio pour m'emmener au centre commercial, où je choisirai la robe que je porterai à mon bal de fin d'année. Ce n'est pas tous les jours que l'on fête la fin de son primaire. Alors… je veux vraiment être à mon meilleur, ce soir-là. Comme je n'ai pas de véritable amoureux, j'ai accepté d'accompagner mon meilleur ami Étienne. Pourvu qu'il ne me rebatte pas les oreilles avec ses statistiques de sport pendant toute la soirée !

Parlant de soirée, j'en aurai toute une, aujourd'hui même. En effet, c'est ce soir que l'on présente la pièce de théâtre que nous répétons depuis le début de l'année scolaire. Mme Angèle, notre enseignante, a créé une superbe adaptation théâtrale de *Blanche-Neige et les sept nains,* des frères

Grimm. Non seulement son texte est-il vraiment bien écrit et truffé de délicieux jeux de mots intelligents, mais encore la scénographie qu'elle a créée est digne des plus grands théâtres du monde. On jurerait qu'elle disposait d'un budget illimité !

Quand Mme Angèle nous a parlé de son projet, au début de l'année, elle m'a prise à l'écart pour me dire qu'elle m'avait pressentie pour le rôle-titre. J'ai tout de suite vu la déception dans son regard lorsque je lui ai dit que je préférais laisser le rôle de Blanche-Neige à quelqu'un d'autre parce que j'allais être trop occupée par les tournages. J'avais tellement peur de passer pour une prétentieuse. « Regarde la petite diva qui se prend pour une vedette et qui n'a plus le temps de faire une petite pièce de théâtre scolaire avec sa grosse tête qui ne passe plus dans la porte ! » Heureusement, Mme Angèle n'a pas du tout pensé ça. Elle a compris et a semblé ravie quand je lui ai dit que j'adorerais jouer la reine qui se transforme en vilaine sorcière. J'ai prétendu que c'était parce qu'elle avait moins de texte à mémoriser que Blanche-Neige, mais... en réalité, c'était parce que je savais que

Mme Angèle voulait demander à Justin de jouer le rôle du prince et que, même s'il est très grand, beau et élégant, dès que l'on s'approche de lui et que l'on inspire son haleine insupportable, disons que son charme s'évapore rapidement !

Si Mme Angèle avait choisi David, euh… peut-être que… mais à quoi ça me sert de penser à lui ? Il paraît qu'il a invité Daphnée à l'accompagner au bal. Pfft… les hommes !

– Ah ! tu es magnifique, ma chérie ! me souffle maman à l'oreille en m'observant dans la glace, par-dessus mon épaule. Une véritable princesse !

C'est sûr que la robe est superbe et je suis bien forcée d'avouer que je me trouve plutôt bien, habillée comme ça. Mais de là à dire que je ressemble à une princesse… Maman exagère. Si j'avais l'air d'une princesse, je serais assez belle en vêtements de tous les jours pour que David me demande à moi de l'accompagner au bal, pas à Daphnée. Après tout, même dans ses haillons, Cendrillon n'était-elle pas d'une grande beauté ? D'ailleurs, c'est sûr que si Mme Angèle avait décidé de monter *Cendrillon* au lieu de *Blanche-Neige*, c'est Daphnée qu'elle aurait choisie. Mais une

Blanche-Neige blonde, ce n'est pas génial…

Honnêtement, je crois que si Mme Angèle a choisi de monter *Blanche-Neige* cette année, c'est parce que tous les garçons de la classe, à part Justin et David, sont des nains. Non, mais c'est vrai ! Ils sont plus petits que moi et je ne suis pas si grande que ça. C'était donc écrit dans le ciel que Justin et David allaient jouer le prince et le garde-chasse… ou vice-versa. Ils sont les deux seuls dont la taille dépasse la mienne ! Finalement, même si je crois que David aurait fait un excellent prince, je suis plutôt heureuse que Mme Angèle lui ait confié le rôle du garde-chasse, parce que nous avons une scène forte ensemble dans laquelle je lui ordonne : « Emmène Blanche-Neige dans la forêt et tue-la ! Qu'elle disparaisse à tout jamais de ma vue. Tu me rapporteras son cœur dans ce coffret ! »

Quand David me regarde, en répétition, il semble liquéfié par ma colère. Ma voix est si puissante, mes mots si virulents, qu'on dirait que les yeux de mon garde-chasse me supplient de lui pardonner d'avoir invité Daphnée au bal. Bien sûr, c'est peut-être dans ma tête, tout ça, mais je ne peux m'empêcher de penser que c'est là que je puise la motivation de mon personnage !

Je pousse un soupir de jeune fille qui n'a pas tout ce qu'elle désire.

« Miroir, miroir, dis-moi qui est la plus belle ? »

– Tu es vraiment la plus belle, ma chérie ! me souffle encore maman, comme si elle avait lu dans mes pensées. Elle te plaît ? C'est celle que tu veux ?

Je regarde la robe une dernière fois dans la glace, je souris et je fais signe à ma mère que c'est vendu. Elle est ravie. Elle me prend par les épaules, me fait pivoter sur moi-même et me serre dans ses bras jusqu'à m'étouffer.

– Mon bébé qui entre au secondaire l'an prochain ? Je n'en reviens pas. Je suis tellement fière de toi, ma Charlotte d'amour !

Lorsque maman relâche son étreinte, je vois des larmes d'admiration dans ses yeux. Mon cœur enfle et j'étreins ma mère à mon tour. Nous sommes belles à voir, toutes les deux, au milieu du magasin, enlacées, en larmes comme si nous étions sur le quai d'une gare et que nous nous quittions pour toujours.

– Allez ! Va retirer la robe et passe-la-moi vite pour que j'aille la payer pendant que tu t'habilles.

Tout heureuse, je retourne dans la cabine d'essayage pour faire ce que ma mère m'a demandé. Je ne puis m'empêcher de penser que c'est moi qui devais payer ma robe avec mes cachets de télévision, mais... est-ce que maman a décidé de me faire un cadeau, finalement ?

Je retire la magnifique robe et je la passe à maman qui se dirige rapidement vers la caisse, à l'avant du magasin. Avant de me rhabiller, je prends quelques secondes pour me sourire dans la glace. C'est vrai que je suis belle. Je n'ai peut-être pas les cheveux blonds bouclés de Daphnée, les grands yeux aux cils magnifiques de la belle Élise, notre Blanche-Neige nationale, mais je suis moi, je suis belle et je m'aime comme je suis.

– Excuse-moi...

Pendant que j'entends ces mots, je suis propulsée contre le mur derrière moi, frappée par la porte de la cabine qui s'est ouverte brusquement.

– Oh, excuse-moi, répète la voix douce d'une petite grand-mère au grand sourire de rouge à lèvres rose bonbon. Est-ce que tu es bien toi ?

Avec ma culotte fleurie et mon premier soutien-gorge assorti – celui que maman et moi avons acheté ici même il y a quelques semaines –, je ne me sens pas très à l'aise pour entretenir la conversation avec cette femme que je ne connais pas.

Je me couvre discrètement avec mes mains et mes bras avant de baragouiner :

– Pa-pa-pardon ?

– Est-ce que je t'ai bien reconnue ? Est-ce que tu es toi-même qui joue dans… comment-c'est-que-ça-s'appelle-ça-donc-à-la-télévision, là… ?

Je me rends compte que la dame n'a aucune idée à quel point cette scène est absurde, je décide de lui sourire gentiment et je réponds :

– *L'Univers de Robert ?*

La dame me regarde de la tête aux pieds comme si je venais de l'insulter.

– Ben voyons ! La petite qui tousse tout le temps ? Ben non ! Tu es ben qu'trop grosse pis ben qu'trop en santé pour être elle ! Non, non, je parle de la p'tite dans l'AUTRE programme, là… ? *Le Motel de la panthère rose ?*

Je ne sais pas si je devrais être flattée ou insultée, mais une chose est certaine : je sens comme un courant d'air !

– *L'Hôtel du chat blanc*, oui. C'est moi. Je suis…

La vieille dame prend une grande inspiration en portant la main à sa poitrine comme si elle venait de voir le Bon Dieu en personne et fonce sur moi pour me serrer dans ses bras en s'exclamant :

– La belle petite Anaïs Dubois ! Ben oui ! C'est bien toi ! Tu es encore plus belle en personne qu'à la télévision.

« Et plus nue ! » que je ne peux m'empêcher de me dire dans ma tête, souriant béatement pendant que la vieille dame, pourtant si frêle et menue, arrive presque à m'étrangler.

– En tout cas, on t'aime beaucoup, mon mari et moi. On te regarde chaque semaine et on te trouve très drôle. Félicitations ! Félicitations pour ton beau programme. Tu es très, très bonne. Bravo !

J'ai à peine le temps de remercier la dame qu'elle se retourne rapidement et sort de la cabine d'essayage en criant :

– MARCEL ! MARCEL ! VIENS VOIR, C'EST ANAÏS DANS *LE MOTEL DE LA PANTHÈRE ROSE* !

Rapidement, je referme la porte et m'aperçois qu'elle ne se verrouille pas automatiquement. Je m'empresse de le faire avant que le mari de la dame arrive lui aussi pour me faire l'accolade pendant que je suis en sous-vêtements. Je m'habille à la vitesse de l'éclair et je vais rejoindre ma mère à la caisse.

Quelques secondes plus tard, je vois la dame arriver près de la cabine d'essayage en tirant son vieux mari par la manche de chemise.

– Ben voyons ? Elle était juste ici, y a pas deux minutes. Je te le dis ! Non, je ne suis pas folle, Marcel ! Je te le dis ! La petite qui joue dans la télévision, oui. Elle était juste là.

Je ne suis pas très loin d'elle et je ne me cache pas vraiment, mais... on dirait que, même si elle me cherche partout, elle n'arrive pas à me reconnaître maintenant que je suis habillée ! J'avoue que ça me soulage un peu...

☺

Dans l'auto, quand je raconte cette histoire invraisemblable à ma mère, elle n'en revient pas !

– Et tu n'as rien dit ? Tu l'as laissée faire et tu l'as poliment remerciée ? Eh bien, tu es meilleure que moi !

– Oui, mais maman, tu me dis toujours que je dois être polie et ne pas être désagréable avec les gens qui m'approchent parce qu'ils me reconnaissent à cause de la télé.

– Les gens qui t'approchent, oui, mais les gens qui t'*agressent*! lance ma mère, qui n'en revient toujours pas. Vraiment, Charlotte, tu es plus gentille que moi. Je te lève mon chapeau. Tu as un cœur grand comme le monde et je suis très fière que tu sois ma fille. Tu es un exemple à suivre.

Je suis à la fois touchée et flattée par les mots de ma mère, qui a toujours été mon modèle, mon exemple. Je la regarde conduire et, soudain, les derniers mots que ma grand-mère m'a dits me reviennent à l'esprit : « Ta mère t'aime. Elle va continuer à te le montrer en prenant toujours bien soin de toi. Aime-la, toi aussi. »

Ma mère est vraiment belle.

En arrivant à l'école, je serre maman très fort dans mes bras et je lui chuchote ses mots préférés : « Je t'aime, maman ! »

– Je t'aime aussi, ma Charlottine. Merde pour ce soir ! Je te vois tantôt.

Je descends de la voiture et j'entre en courant dans l'école en passant par la porte voisine de la grande salle où nous présenterons la pièce. J'ai le souffle coupé. Le décor est tout monté sur l'estrade. C'est magique ! Tellement féerique ! La forêt dense, la jolie maison des nains au milieu, l'imposante tour du château de la méchante reine érigée côté jardin, la mine sombre où travaillent les nains dressée côté cour... Il n'y a pas de mots. C'est trop beau !

Je suis accueillie chaleureusement par mes camarades de classe qui m'attendaient avec impatience. Je vois bien qu'ils sont tous nerveux, qu'ils courent partout comme des poules à la tête coupée... La fébrilité des heures, des minutes, des secondes précédant une représentation théâtrale, ça n'a pas d'égal. Les papillons qui virevoltent dans les estomacs, la respiration que l'on tente de contrôler, les incertitudes de dernière minute. C'est fou, mais c'est aussi amusant que de tourner sur soi-même pour s'étourdir ! C'est euphorique !

– SA MAJESTÉ, LA REINE ! Votre garde-chasse vous cherchait partout !

C'est la voix de mon ami Étienne, qui a finalement accepté, après que je l'eus menacé de ne plus jamais l'accompagner à une manifestation sportive s'il disait non, d'être responsable du son et l'éclairage de la pièce, assis derrière la console.

– DAVID ! M'as-tu entendu ? Charlotte est arrivée !

Je rougis de la tête aux pieds. Heureusement, comme je suis habillée maintenant, ça ne paraît pas trop. Je m'approche rapidement d'Étienne qui, de toute façon, ne peut pas se sauver très vite dans son fauteuil roulant.

– Étienne Desloges, veux-tu te taire ? que je chuchote à mon ami. Tu m'avais promis que tu ne dirais rien.

Étienne se bidonne.

– Je n'ai rien dit non plus.

Je plisse les yeux et je le regarde d'un air menaçant.

– Presque pas ! Si tu n'arrêtes pas de m'agacer au sujet de David, je t'avertis... Je rentre chez toi à ton insu, je pars avec ta collection de cartes de hockey et j'y mets le feu, m'entends-tu ?

Étienne me regarde avec un sourire espiègle. Je sais que je vais regretter ma très mauvaise menace.

– DAVID ! Viens me sauver, Charlotte menace de me voler ma collection de cartes de hockey.

Si Étienne n'était pas mon meilleur ami, je l'étriperais sur-le-champ. Mais étriper un pauvre handicapé sans défense… ce serait mauvais pour ma réputation.

David arrive en courant. Dans son costume de garde-chasse, il est élégant et… il ressemble à Robin des Bois. Sauve qui peut ! JE L'AIME !

– Salut, Charlotte. Viens. Mme Angèle veut que tu mettes ton costume et que tu te maquilles. Il ne reste pas beaucoup de temps avant que ça commence.

Je me tourne vers Étienne, qui comprend tout. Il me fait un clin d'œil, je lui fais une *bine* sur l'épaule… et je cours me costumer pour la représentation. Pourvu que je ne me mette pas à bégayer lorsque viendra le temps de commander à David l'exécution de Daphnée… euh, je veux dire Blanche-Neige ! Hum… ah oui ! Daphnée… ma motivation ! « Pense à Daphnée, Charlotte ! Pense à Daphnée ! »

☺

Pendant la représentation, je me cache derrière un rideau noir accroché au plafond, non loin de la tour du château. C'est ma coulisse improvisée. Je regarde Fany faire semblant de se piquer le doigt et j'entends la narration de Jérôme, qui raconte la naissance de Blanche-Neige. Je vois mes parents assis ensemble, amoureux, fébriles, se tenant main dans la main. Je pense à ma grand-mère que j'aurais tant voulue près de moi ce soir… Je ferme les yeux et, soudain, je sens une délicate présence derrière moi.

– J'aimerais ça danser avec toi au bal.

David est venu me rejoindre derrière le rideau. J'avais réussi à évacuer mon trac, mais là…

– Tu ne vas pas au bal avec Daphnée ? que je lui réponds en chuchotant dans son oreille.

– Elle a commencé à sortir avec Félix, hier, me souffle à l'oreille mon garde-chasse adoré.

« Félix ? que je me dis, c'est un nain ! Elle le dépasse d'au moins une tête ! Décidément, Daphnée et moi, nous n'avons vraiment pas les mêmes goûts. Tant mieux ! »

– Je sais que tu vas au bal avec Étienne, enchaîne David, et je ne veux pas faire de chicane, mais… il est juste ton ami, hein ?

Je n'ai pas le temps de répondre à David. Je dois entrer en scène.

– Miroir, miroir… dis-moi qui est la plus belle d'entre toutes les femmes ? que je lance avec aplomb devant la glace plain-pied qu'a fabriquée le mari de Mme Angèle.

De la coulisse, j'entends David qui souffle : « C'est toi, Charlotte ! »

Mes yeux se mettent à clignoter comme des ampoules de sapin de Noël. J'ai l'impression que je vais perdre connaissance. Il faut que je me ressaisisse.

– Garde-chasse ! Que l'on appelle mon garde-chasse !

David arrive alors sur scène avec un sourire moqueur sur les lèvres. Ce n'est pas vraiment dans son personnage. Il faut que je demeure concentrée.

– Emmène-la dans la neige et tue-la, qu'elle disparaisse à tout jamais de la forêt.

J'entends le public qui rit. « Qu'est-ce que je viens de dire ? »

– Et tue-la… complètement. Tu me rapporteras son corps dans ce coffret.

Je tends alors la petite boîte rectangulaire à David, qui me regarde avec ses grands yeux verts qu'il tourne ensuite vers la petite boîte. Je m'aperçois de ce que je viens de dire. Le public aussi. Il rit de plus belle. Tout le monde imagine David en train de faire entrer le corps de la pauvre Élise dans ce minuscule coffret.

– Je veux dire son CŒUR, espèce d'abruti ! Ne me regarde pas comme ça. Vas-y !

Ouf ! J'ai réussi à m'en tirer pas trop mal. Je sors ensuite en coulisse, jouant la furie de la reine humiliée et je prends de grandes respirations pour retrouver ma concentration. Après tout, il me reste quelques grandes scènes importantes à faire… Au moins, elles ne sont pas avec mon cabotin de David. Il m'aime ? Non, ce n'est pas possible. Concentration, Charlotte, concentration !

☺

Lorsque j'arrive sur scène pour saluer, à la fin de la représentation, le public est gentil avec moi. Malgré toutes les gaffes que j'ai faites, complètement déconcentrée par les déclarations de coulisses de mon garde-chasse adoré, j'ai réussi à tirer mon épingle du jeu.

Immédiatement après le salut, dans la cohue des parents, amis et grands-parents qui félicitent tout le monde et remettent des fleurs à tout un chacun, la mère de David s'approche de moi et me demande :

– Charlotte, tu peux faire une photo, s'il te plaît ?

Tout excitée, je réponds joyeusement :

– Mais oui, c'est sûr !

Comme David est juste là, près d'elle, je le prends par la taille, euphorique, et j'appuie ma joue sur son épaule avant de faire un grand sourire.

La mère de David me regarde, un peu mal à l'aise avant de dire :

– Non, je... je veux dire... peux-tu prendre une photo de David et moi... avec mon appareil ?

Je reste figée un moment avant de devenir aussi rouge qu'une tomate trop mûre. Je veux mourir !

– Ah... euh... oui, oui. C'est... oui. J'avais compris. Vous et... oui. Je... c'est ici que j'appuie ?

Décidément, aujourd'hui, ça a été une vraie journée de fou. Heureusement qu'au théâtre, on apprend à combattre la peur du ridicule.

Non, le ridicule ne tue pas

par
Élise Bouthillier

Je suis née quelque part dans l'âge du Disco. J'ai passé une bonne partie de ma jeunesse sur le voilier de mes parents. Bercée par les flots, caressée par le vent et sans cesse taquinée par mon frère, ma tête s'est remplie de mots et d'histoires. Dans mes rêves les plus fous, je devenais une écrivaine. J'ai grandi, j'ai été à l'école pendant mille et un jours… en fait, jusqu'à l'université ! J'ai fait mille et une gaffes… J'ai fait mille et un métiers… pour vivre et manger. J'ai eu mille et un enfants ! Non ! Seulement trois… mais quand ils sont difficiles, on dirait bien qu'ils sont au moins mille et un ! Pendant ce temps, les histoires et les mots enfouis dans mon cœur ont eu envie de sortir. Je n'ai pas pu les retenir. Voilà que mon rêve le plus fou prend maintenant forme : je suis devenue écrivaine. Et j'espère écrire pour vous… mille et une histoires !

IL Y A des leçons de vie qu'on apprend plus difficilement que d'autres… Celles-là, elles se gravent dans notre mémoire et elles occupent des places de choix dans notre album de vie.

Ainsi, moi, j'ai cru pendant longtemps être de la race des *Gastonnes,* du nom d'un personnage de bande dessinée tristement célèbre pour ses frasques peuplées de gaffes. Tu sais, de celles qui, immanquablement, dès qu'elles arrivent dans une pièce ou dans un groupe, sont la cible bien malgré elles de tous les tracas imaginables. Comme si l'univers entier se liguait pour faire d'elles la risée de tous, le dindon de la farce. De celles qui ne peuvent pas raconter la fois où elles ont eu l'air le plus fou, mais LES fois !

Tomber en vélo – ou faire tomber les autres – était presque une habitude. Arriver à l'école avec des chaussettes différentes aux pieds, c'était pour moi un fait banal qui arrivait malheureusement trop souvent à mon goût. Mes amies me regardaient alors avec un sourire mi-rieur, mi-compatissant en me lançant : « Que tu es *Gastonne* ! » Avant de s'effondrer de rire devant moi.

Je n'ai jamais su comment prendre ce commentaire. Devais-je en rire ? Devais-je en pleurer ? Si j'ai presque toujours choisi la première option devant les autres, dans ma tête, je suis morte de honte plus souvent qu'autrement. Ces funérailles répétées de mon orgueil ont fini par enterrer profondément un élément essentiel de mon être : ma confiance en moi.

Je suis née lunatique et rêveuse. La tête constamment dans les nuages, je me préoccupais trop peu de ce qui m'entourait. Alors, il va sans dire, j'avais de grandes prédispositions de *Gastonne*. En d'autres mots, j'ai toujours eu la gaffe facile.

Pour mes parents, ce ne fut pas de tout repos… mais mon frère a ri plus qu'il n'en faut pendant notre enfance ! Deux fois plutôt qu'une, je suis tombée à l'eau en sautant hors de notre voilier. Au lieu d'atterrir sur le quai, je tombais entre celui-ci et le bateau. Crois-moi, j'ai dû apprendre à nager ! J'étais aussi celle qui renversait sa boisson gazeuse dans le cockpit du bateau de l'ami le plus snob de mes parents, celui qui avait le voilier le plus resplendissant de la marina.

Lors d'un voyage dans les Caraïbes, je suis tombée dans une crevasse en m'avançant un peu trop près de celle-ci pour regarder en bas. J'ai fait une chute à la verticale entre deux gigantesques rochers pour atterrir les deux pieds dans l'eau devant un touriste allemand ahuri. En effet, la crevasse, au lieu d'être fermée, s'ouvrait sur une lagune souterraine, tout ce qu'il a de plus paradisiaque. L'homme, revenu de sa surprise, m'a ramenée, toute tremblotante, vers ma famille, avant même qu'on ne s'aperçoive de ma disparition !

Pendant une excursion lors d'un camp scout, je suis celle qui a décidé de lacer son soulier dans un sentier étroit en pente à pic… avec un sac à dos chargé, plein à craquer. Si tu ne sais pas ce que ça donne, moi je peux te le dire, maintenant ! Le poids du sac à dos glisse vers l'avant et t'entraîne à coup sûr vers le bas dans la plus élégante culbute de ta vie. Si on est chanceux, on n'en fera qu'une. Mais si l'on est de ma race, on déboulera jusqu'en bas de la pente, en prenant soin de bousculer tous ceux qui précèdent, pour former un gigantesque carambolage en pleine forêt, digne des plus graves accidents de la route. La morale de cette histoire ? Scout qui roule n'amasse pas mousse, mais bien des rires, un amour-propre très chiffonné et quelques remontrances de ceux qui ont été le plus amochés lors de la descente.

Lorsque je ne provoquais pas la gaffe, elle s'assenait sur moi comme une massue. C'est ainsi qu'un jour, dans un parc aquatique, mon père m'avait demandé de surveiller une table de pique-nique pendant qu'il allait chercher le dîner en compagnie de mon frère. Je me suis retrouvée assise devant rien quand le vent a emporté, d'une violente bourrasque, la table et son parasol. J'ai regardé les gens autour de moi en haussant les épaules, bien impuissante devant une telle manifestation de la force de la nature. Tant pis pour la table ! J'ai hésité longtemps entre me lever nonchalamment pour aller rejoindre mon père et mon frère ou bien les attendre, toujours assise sur la chaise, surveillant une place vide comme si de rien n'était…

– Quoi ? Tu ne surveilles pas une table ?

– Mais papa, c'est elle qui est partie !

Même en ayant en moi de si grandes dispositions à la gaffe, j'ai l'impression que tout s'est précipité lors de ma rencontre avec Nathalie, celle qui allait devenir ma plus grande amie.

Tout porte à croire que Nathalie a été le catalyseur de mon état de gaffeuse perpétuelle. Avec elle, je ne compte plus tout ce qui m'est arrivé. Il faut dire que nous étions toujours ensemble. Le premier jour de notre rencontre, qui était aussi le premier jour de notre entrée au secondaire dans un collège privé pour filles seulement, elle s'est avancée vers moi et, sans aucune discrétion, car la discrétion ne fait pas partie de sa personnalité, elle m'a dit :

– Attends, tu as quelque chose qui dépasse de ton bermuda.

Joignant le geste à la parole, elle s'est penchée vers moi et a tiré sur le morceau de tissu qui dépassait du bas de mon bermuda. C'est ainsi qu'elle a exhibé ma culotte devant toutes les autres filles. En effet, comme j'avais mis, ce matin-là, ma plus vieille petite culotte, celle-ci s'était déchirée pendant l'avant-midi et pendait lamentablement. Nathalie est partie d'un fou rire communicatif, qui s'est répandu dans toute la cour d'école. En tout cas, c'est ce qu'il m'a semblé.

Le sort était jeté, mon amitié avec Nathalie était coulée dans le béton. J'avais devant moi le meilleur public imaginable, celle qui allait toujours rire avec moi, peu importe la situation.

Comme Nathalie faisait partie d'une équipe de compétition de ski alpin, j'ai dû apprendre les rudiments de ce sport. Pour suivre ma meilleure amie, rien d'impossible, même pour la fille la moins sportive en ville ! Je me suis donc retrouvée en haut d'une piste, accompagnant Nathalie et sa classe de ski vers une descente… qui ne pouvait être qu'aux enfers. Tu me diras que c'était l'hiver, mais je te jure que je n'ai jamais eu aussi chaud ! Il semble que le contraste entre le rouge de mon visage et le rose de ma doudoune était frappant !

Bon, il n'y a pas seulement ce contraste qui était frappant. Moi aussi, je le fus lorsque j'ai foncé à toute allure sans pouvoir m'arrêter sur la rangée bien alignée des skieurs de la classe de Nathalie, qui m'attendaient au milieu de la piste. Ils sont tous tombés l'un après l'autre, comme dans un jeu de quilles.

Il y avait longtemps que ces pros étaient tombés en ski ! J'ai finalement passé l'avant-midi seule en attendant Nathalie. Je crois que l'entraîneur en a eu assez de mes bêtises et il m'a expédiée sur les pistes pour débutants. J'ai exploré les flancs des pistes plus souvent qu'autrement, précipices et sous-bois denses firent partie intégrante de mes descentes.

C'est ainsi que, de gaffe en gaffe, j'en suis venue à souffrir d'un terrible manque de confiance en moi et à acquérir un sens de l'autodérision gigantesque, qui n'était que la pointe de l'iceberg de mon sentiment de nullité totale. Je n'arrivais plus à en rire et j'ai commencé à penser que si j'étais sur la Terre uniquement pour divertir les gens à mes dépens, ma vie était vouée à l'échec le plus complet. Ce sentiment culmina un soir d'octobre alors que je fis de nouveau une folle de moi.

Nous avions écouté un film d'horreur chez la voisine de Nathalie. La soirée terminée, nous sommes retournées en vitesse chez ma copine. Je tenais sa petite sœur par la main. La noirceur me glaçait le sang, j'avais encore dans les oreilles la musique épouvantable du film d'horreur. La panique s'est emparée de moi et, tenant toujours fermement la main de la petite Julie, j'ai couru à toutes jambes vers la véranda de la maison de Nathalie. Sans le savoir, j'ai couru vers mon désastre ! Ce n'était pas des zombies que j'aurais dû avoir peur, mais bien de ma propre bêtise... En arrivant sur la galerie, je me suis précipitée vers la lumière rassurante du salon et les frères de Nathalie, assis avec leurs amis devant la télé. Je n'ai jamais ouvert la porte-fenêtre. Bang ! Je me suis aplatie contre la vitre, devant le groupe de garçons qui se sont mis à hurler de rire. Il semblerait que j'ai eu l'air vraiment fou avec un nez de cochon et les yeux exorbités. D'ailleurs, on pouvait voir mon nez imprimé sur la vitre. Pour la jeune adolescente que j'étais, c'était la pire humiliation possible.

J'ai réussi à ébaucher un pâle sourire pour donner le change. Puis, je me suis précipitée vers la chambre de Nathalie, armée du peu de dignité qu'il me restait. Même la porte fermée de la chambre ne pouvait complètement bloquer le bruit des rires provenant du salon.

Je me suis étendue sur le lit, la tête sous l'oreiller pour ne plus rien entendre. Désespérée.

La porte s'est ouverte pour laisser entrer Nathalie, ainsi que les exclamations joyeuses de la bande de ses frères.

– Ça va ? Pas trop amochée ? Tu sais, tu as laissé une empreinte assez impressionnante sur la porte vitrée.

– Ça va… Julie, elle, elle va bien ?

Nathalie n'était pas dupe. Même qu'elle n'osait plus rire !

Placée devant son silence vidé des éclats de joie auxquels j'étais habituée, je me suis risquée, pour la première fois, à lui exprimer ce qui meublait le tréfonds de mon âme. Après tout, je n'avais plus rien à perdre.

La tête toujours sous l'oreiller, j'ai tout déballé.

– Je voudrais disparaître, rapetisser jusqu'à ce que je devienne invisible.

Tiens, je devrais aller prendre un bain, je pourrai peut-être ratatiner un peu… J'en ai assez de faire rire tout le monde, à quoi je sers, moi ?

– …

– Tu vois, même toi tu ne le sais pas ! Je ne suis bonne qu'à faire des gaffes, qu'à provoquer des catastrophes, ma vie n'est rien qu'une catastrophe, je ne suis qu'une catastrophe ambulante !

– Ho là là ! Mais quelle déprime ! Je venais prendre des nouvelles de ton nez… mais c'est ton orgueil qui a le plus souffert !

Cette voix grave et profonde, elle n'appartenait qu'à un seul être au monde : au père de Nathalie.

Il était entré dans la chambre pendant mes confidences désespérées et je ne l'avais pas entendu. Au point où j'en étais, un de plus ou de moins qui assistait à ma déchéance, ça n'avait plus d'importance. Je n'avais plus aucune forme d'estime personnelle.

– Tu n'es pas la première qui se fracasse sur cette porte vitrée. Jean l'a même déjà défoncée. C'est pourquoi nous y avons installé des lignes rouges. Tu ne les as pas vues ?

– Non ! Vous voyez, même avec des balises rouges, je suis maladroite.

– Ce n'est rien, tu me sembles en bon état. Tu t'en remettras !

– C'est à l'intérieur que je suis en mille miettes. Je ne suis bonne à rien, ma vie n'est qu'une série de cafouillages, de cabrioles et de mésaventures. Personne ne tombera amoureux de moi, je n'aurai jamais de famille à moi, je ne serai toujours que le clown de service. Vous ne pouvez pas comprendre, vous, tout le monde vous aime, vous êtes bien entouré, vous avez si une belle famille !

– C'est vraiment ce que tu crois ?

– Oui !

– Alors, ma petite, écoute-moi bien.

Le père de Nathalie se lança pour moi dans un récit dont lui seul avait le secret. Quand il ouvrait la bouche, il prenait toute la place. Il envahissait l'espace, et tous ceux qui étaient présents se tendaient vers lui pour l'écouter. C'était la même chose avec son rire sonore – qu'il avait légué à Nathalie –, qui provoquait l'hilarité générale dès les premières notes. Le rire était une symphonie chez les Blanchard, voilà pourquoi je me sentais chez moi avec eux.

J'étais éberluée qu'il se penche sur mon cas. Les parents de Nathalie m'avaient bien accueillie dans leur famille. Tout comme les miens avaient adopté Nathalie. Il faut dire que nous ne leur avions pas donné le choix ! Mais, je restais persuadée que le père de Nathalie me prenait pour une sorte de nigaude. Il s'amusait souvent à me faire croire toutes sortes d'histoires abracadabrantes que moi seule, dans ma grande naïveté, pouvais gober. J'avais toujours cru qu'il aimait s'amuser à mes dépens.

Ça m'a fait penser à mon dernier séjour avec eux dans leur camp de pêche. Alors que nous étions tous entassés dans une chaloupe sous un soleil de plomb et que je me plaignais de la chaleur, il m'avait encouragée à me baigner dans le lac autour de l'embarcation. Les enfants Blanchard et leur maman me regardaient, incertains, leur père se mordait les lèvres pour ne pas éclater de rire, tandis que je pataugeais autour de la chaloupe. Soudain, trois lignes en même temps s'étaient tendues et quelqu'un avait remonté un brochet aussi hideux qu'énorme et pourvu de plusieurs rangées de dents. J'avais eu la frousse de ma vie et j'étais rembarquée dans la chaloupe en un clin d'œil. Sous les rires francs du clan Blanchard. Le père de Nathalie m'avait dit :

– Quoi ? Tu ne savais pas que les brochets sont attirés par le clapotement de l'eau ?

Le reste du voyage de pêche s'était passé sous ses encouragements répétés à aller me baigner. Crois-moi, malgré la grosse chaleur, jamais je n'avais remis les pieds à l'eau pendant tout le reste de l'expédition !

Ce soir-là, encore sonnée par ma rencontre avec la porte vitrée et blessée dans mon estime, j'ai donc fait la seule chose que je pouvais faire : j'ai écouté. J'ai prêté attention à cet homme qui m'impressionnait tant, et à ce qu'il avait à dire à la petite *Gastonne*. Ma main dans celle de Nathalie, j'ai ouvert les oreilles de mon cœur.

Il me fit le récit d'une vie remplie de joies et de peines. D'une vie où la dérision et les gaffes prenaient une grande part, mais sans jamais qu'elles le fassent succomber au découragement. En exemple, il me cita avec beaucoup de détails l'une de ses dernières aventures. La semaine précédente, il avait assisté à une réunion avec des gens d'affaires très influents. Cette assemblée, d'une grande importance, avait lieu assez tôt le matin. Pour ne pas éveiller sa chère Louison, il n'avait pas allumé la lumière et il s'était vêtu dans la pénombre de leur chambre en se fiant d'instinct à ce qu'il connaissait de sa garde-robe.

Il se rendit sans encombres à la réunion. Au milieu de la rencontre, le père de Nathalie éternua. Un homme de ce gabarit qui éternue attire forcément tous les yeux vers lui. C'est donc sous ces regards inquisiteurs qu'il sentit le besoin de s'essuyer le visage. Il sortit un mouchoir de sa poche et le déplia d'un coup de poignet sec et franc. L'assemblée cravatée émit alors un murmure de surprise générale, on entendit même un président de compagnie glousser dans le revers de son veston. Ce pauvre homme aurait pu s'étouffer à force de retenir son rire. Le père de Nathalie, qui devait garder sa contenance devant ces gros bonnets, suivit le regard des autres et baissa les yeux vers son mouchoir. C'était un joli slip brodé de dentelles appartenant à sa femme ! Il s'excusa, enfouit le sous-vêtement dans sa poche, garda la tête haute et reprit le cours de la réunion sans perdre la face, mais joyeux au fond de lui d'avoir pu faire rire un peu une assemblée aussi sérieuse.

Il me fit découvrir la beauté d'offrir aux gens qui nous entourent la joie et le rire. Il me dit que ce don ne devait pas susciter de chagrin, mais bien de la fierté. Donner aux gens de tels sentiments ouvre la porte à la gaieté et ne peut qu'être bénéfique.

Peu à peu, ce sentiment est devenu mien. Je ne devais pas me battre contre ma nature, mais l'apprivoiser. En l'acceptant pour de bon, je pourrais vivre ma vie de façon sereine et m'entourer de gens heureux et avoir, moi aussi, une tribu joyeuse bien à moi un de ces jours.

Dès lors, ma vie devint plus simple : je ne faisais pas moins de gaffes, mais au moins j'en rigolais de bon cœur.

Nathalie et moi avons vieilli. Nos aventures, loin de cesser, ont parsemé nos vies d'éclats de rire. Nous avons appris à conduire une voiture, ce qui fit de moi un danger public, selon ceux qui me connaissent bien. Le père de Nathalie retenait toujours son souffle quand je stationnais mon auto dans leur cour. Il était persuadé qu'un jour j'endommagerais sérieusement la portière d'un de leurs véhicules.

Nous sommes allées au cégep et à l'université. Chacune de nous s'est bâti un clan bien à elle. Et maintenant, nous vivons des aventures rocambolesques où le rire et les hasards sont omniprésents. Une vie remplie de joie.

Aujourd'hui, quand je rends visite à Nathalie et que je stationne ma voiture devant chez elle, même si son cher père est au paradis depuis déjà quelques années, je cherche son visage inquiet à travers les fenêtres de la maison et je suis persuadée qu'il retient son souffle du haut de son nuage. Je sors alors fièrement de ma voiture, contente de n'avoir rien abîmé avec mon auto… cette fois-ci !

Vie de chien

par
Michel Lavoie

Gaffer ! Moi ? Mon petit moi habité d'un orgueil démesuré, à un point tel que tous mes anciens directeurs – j'étais prof au secondaire – en ont fait une dépression nerveuse ! Eh bien, oui ! Je suis le parfait gaffeur ! Au lieu de me donner le prénom de Michel, mes parents auraient pu m'affubler du prénom La Gaffe. La Gaffe Lavoie, ou plus simplement Toto Lavoie. Je ne suis pas un simple et minable gaffeur. J'en suis venu au fil des ans à répertorier mes bourdes les plus célèbres et à les classer selon un ordre d'importance ou, devrais-je plutôt dire, de niveau de débilité. C'est donc avec un immense plaisir que j'ai fouillé dans mes trésors les plus chers pour vous raconter la fois où j'ai eu l'air le plus fou. Ce ne fut pas un choix facile parmi la panoplie d'événements qui m'ont fait mal paraître. Et j'ai aussi écrit quelque part dans un bouquin sur l'écriture que les auteurs sont de fieffés menteurs...

michellav66@hotmail.com

L'année : *1958 – Une époque extrêmement passionnante, où il se passait plein de choses électrisantes, en compagnie de gens absolument formidables, des événements à couper le souffle comme... comme... ouais ! c'était pas mal plate !*

La ville : *Hull – À la fois une ville petite et grande, perdue entre Montréal et Ottawa, où les fonctionnaires fonctionnaient, où les enseignants enseignaient et où la langue française s'appauvrissait de mots anglais et la langue anglaise évitait les mots français comme la peste.*

Le personnage : *Michel, 12 ans, élève au cours classique dans un collège privé, craintif comme ce n'est pas permis de l'être, avait même peur* *d'avoir peur, se pensait laid et, de fait, l'était aux yeux de tous, surtout des jeunes filles du quartier qui, à sa vue, avaient aussi peur que lui.*

Journal de bord, plus tard nommé journal intime pour répondre aux impératifs de la mode du moi, genre mon moi intime : *le contenu de mon journal, écrit par moi-même avec ma plume, de l'âge de 11 à 12 ans, a été largement modifié pour les raisons suivantes : le texte était cousu de fautes et de propos impubliables, des raisons personnelles contre ma personne morale et surtout physique (justifiées d'ailleurs), qui auraient pu conduire à des poursuites en cour contre moi par moi, genre auto-demande-de-réparations-de-torts et, finalement, mais non le moindre, un risque d'entacher ma réputation d'auteur qui souffre déjà de certaines cruautés étalées dans mes romans pour volontairement faire pleurer les pauvres petites filles des années 2000, qui, elles, gâtées au cube, pleurnichent pour des riens.*

Je l'avoue sans ambages, sans tambour ni trompette et sans passer *go* : je déteste les chiens à m'en confesser, même si je ne m'en accuse jamais à monsieur le curé Smith, le très vénérable et très vénéré pasteur de la paroisse Notre-Dame-de-

Lorette de Hull. Une paroisse où je suis un servant de messe exemplaire, malgré la multitude de gaffes dont je suis le responsable : j'ai renversé du vin rouge sur la chasuble blanche du curé, mis le feu à un linceul qui recouvrait un cercueil en échappant un chandelier, fait trébucher une pauvre vieille dame qui s'approchait pour la communion et déclenché les gicleurs au moment même où l'évêque du diocèse, lors de sa visite annuelle, aspergeait d'eau bénite les paroissiens qui ont alors cru à un nouveau déluge. Mais taisons ces petits détails pour revenir à l'essentiel : les chiens !

Les chiens m'horripilent : en photo, dans les messages publicitaires à la télévision, dans les rues et sur les trottoirs, où il m'arrive cent fois par semaine de mettre les pieds dans… bien, vous savez quoi. Je les méprise encore plus en chair et en os. Je rêve au jour où les chiens deviendront des *illégaux*. Ils seront alors chassés de la surface du globe et devront trouver refuge sur une autre planète. Quelle ironie ! Le chien chasseur qui sera chassé dans une chasse sans chance (peu de sens, mais un bel exercice de diction fort populaire dans les écoles privées).

Mon aversion pour ces bêtes sans allure, sans âme et sans cœur a quand même une origine explicable, que je vais donc expliquer avec l'espoir que vous comprendrez mes profondes convictions, même si je sais que vous n'allez pas les partager, mais les contester. Vous, les jeunes, n'en serez pas à une contestation près ! Comme Obélix, les enfants d'aujourd'hui sont tombés dans une grosse marmite à leur naissance, celle du chialage. Bon, c'est un autre sujet à discuter un autre jour dans une autre approche, idéalement sous d'autres cieux par d'autres personnes que moi.

J'avais donc douze ans, deux poils et demi au menton, d'affreuses lunettes noires sur le nez et le béguin pour la petite fille d'à côté. Bref, je tripais sur ma jeune voisine de gauche qui, elle, lorgnait le grand Morin, son voisin d'en face qui, lui, n'avait d'yeux que pour la mignonne Sylvie, sa voisine de droite qui, elle, finalement, était tournée vers elle-même, donc froidement indifférente à la multitude d'hormones qui roulaient sur le pavé de notre rue. Imaginez-vous que nous étions tous dans la même classe de français, forcément dans la même école et dans la même ville. Alors, vous pouvez comprendre à quel point Mlle Lafrance, notre enseignante, devait faire des miracles en plus d'acrobaties spectaculaires pour maintenir notre attention qui, elle, voguait souvent dans des contrées lointaines et défendues.

À mon grand désarroi, ma voisine adorée m'évitait comme si j'étais le pire imbécile du monde, presque un pestiféré. J'irais jusqu'à dire qu'elle aurait préféré être l'amoureuse de Frankenstein, qui connaissait à la télévision une renommée fulgurante.

Mais je n'abandonnais pas pour autant mon rêve de la conquérir. Je la courtisais jour et nuit, lui envoyais une rose tous les samedis matin, une carte et un chocolat tous les dimanches après-midi et lui téléphonais tous les mercredis soir. Pourquoi cette régularité assez particulière, à la limite insolite ? Je n'en ai pas la moindre parcelle d'idée, quoique j'aie conclu, malgré mon inexpérience, que la passion ne s'embarrasse pas trop de la logique ni de la science. Elle carbure plutôt à l'imprévu, à l'improvisation et à l'improbable.

Comme j'étais présent dans sa vie, de façon obligée bien sûr, son chien, le plus fidèle ami de l'homme et aussi des jeunes filles, s'est mis à douter de lui et à se demander si sa maîtresse n'en viendrait pas à le délaisser pour mon humble personne. Il commença par flairer mon attirance physique pour Suzanne, puis mon obstination à la gagner à ma cause. Chaque fois que je m'approchais de la maison de mes rêves, je reniflais le doux parfum de la midinette et des visions multicolores affluaient à mon cerveau en ébullition. Malheureusement, ma lotion après-rasage I Karate, piquée à mon père, titillait aussi l'odorat de Zéphyr, le fameux chien dont les crocs s'aiguisaient d'eux-mêmes juste à me savoir dans les parages.

Zéphyr – Zizi pour les intimes – s'était créé une sorte de rituel qui répondait davantage à son instinct de tueur qu'à son intelligence canine de bas niveau, mesurée scientifiquement aux trois mois par le vétérinaire du coin. Dois-je préciser que ce dernier a fini sa carrière à l'Institut Pierre-Janet pour déficients mentaux où, aux dernières nouvelles, il s'amusait à domestiquer des mouches imaginaires.

L'adorable animal – aux yeux de sa maîtresse – usait donc d'un subterfuge des plus ingénieux, dont les variations réussissaient à tout coup à me tromper. Dès qu'il détectait mon odeur particulière, il se réfugiait au fond de sa cour pour me faire miroiter son indifférence, voire sa peur. Il épiçait sa stratégie en y ajoutant une démarche légèrement claudicante (*Larousse* : page 118). Chaque fois, je me disais, l'espoir au ventre, que la pauvre, minable et imbécile bête à poil était rendue à la croisée des chemins, peut-être même à l'article de la mort. Cette pensée morbide et joyeuse me donnait des ailes, et je volais aussitôt vers l'élue de mon cœur, quoique le mot élue eût, dans ce cas-ci, plutôt une connotation de dictature, imposée par moi seul sans aucune réciprocité de sa part.

Une fois bien terré derrière un saule pleureur, ce qui ajoutait encore plus de mélodrame à la scène, Zéphyr laissait échapper deux ou trois grognements dans un nuage plaintif pour me faire bien comprendre que je pouvais envahir les lieux en toute sécurité. Alors, trottinant sur le bout des pieds, je m'approchais de la petite fenêtre légèrement entrouverte, qui donnait sur la vaste chambre de Suzanne, dont l'immense porte était toujours toute grande ouverte. Après mûre réflexion, je me rendis compte que le papa était aussi alerte que Zéphyr, devenant ainsi un deuxième chien de garde, probablement plus féroce que le premier. C'est sûr que son paternel n'avait pas de crocs pour me dépecer vivant, mais la grosseur de ses poings m'impressionnait beaucoup. S'il fallait qu'un de ces marteaux-pilons atteigne mon visage, même si mon faciès n'était pas hollywoodien, les dégâts pourraient être encore plus catastrophiques que les morsures de Zéphyr.

Curieusement, toute cette protection accordée à la belle Suzanne la rendait encore plus distante, donc plus désirable. Je m'imaginais lui déclamer mon amour à la Cyrano de Bergerac, lui lancer une volée de poèmes si sublimes qu'elle en fondrait d'admiration. En étant davantage optimiste, je me disais qu'en saupoudrant le tout d'une chanson d'Elvis Presley, elle succomberait à mes charmes (virtuels) et me tomberait dans les bras, que j'ouvrirais avec délectation.

Voilà ! J'étais rendu à quelques mètres de la fenêtre, de fait à quelques centimètres et, bientôt, à quelques millimètres. Je tremblais de tout mon être, ballotté entre le fol espoir que Suzanne m'accueille tel un héros et la hantise qu'elle me congédie comme un zéro. Mais je devais garder le cap sur ma mission, sinon je risquais un autre échec et j'en avais déjà une pleine cargaison dans mes bagages, malgré mon jeune âge.

La brise s'intensifiait peu à peu, trois nuages et demi s'essoufflaient à obstruer le soleil, des picotements de nervosité sautillaient sur ma peau et mon cœur battait la chamade. J'arrivais près du but, j'allais bientôt conquérir l'Everest, traverser une rivière infestée de piranhas et étendre un baume final sur toutes mes gaffes antérieures. Bref, j'allais réussir ! Quelle merveilleuse sensation cela devait être ! De quoi me dynamiser pour le restant de mes jours. Et – pourquoi pas ? – de quoi me donner le feu vert, le feu sacré et du feu dans ma plume pour, un jour, devenir… écrivain !

Écrivain ! Le plus beau métier du monde ! Du panache à ne plus savoir qu'en faire. Vedette au cube, réflexion à la verticale, démarche en cercle, intello sous forme de trapèze et sentiments en parallèle : voilà le cheminement qui m'attendait dans un avenir au coin de mes rêves. Rien de logique ni de compréhensible ni de concret. Que du vent ! Quand même incroyable : j'allais gagner ma vie en alignant des mots qui, en prime, me sont offerts gratuitement dans le *Larousse*. Existe-t-il un emploi plus facile ?

Là, je devenais presque euphorique. Amoureux, aimé, amouraché et… et… écrivain ! Écrire (j'imagine qu'un écrivain doit écrire), me faire publier (je vois déjà les éditeurs courir à ma suite, deux ou trois contrats dans les mains), devenir célèbre (ah ! les droits d'auteur : villa en Floride, yatch en fibre de verre transparent, adulé-admiré-admirable, renommée gatinoise, montréalaise, québécoise, et parisienne !). Le bonheur ultime !

Je percevais maintenant des soupirs émanant de Suzanne – la belle –, la bête étant terrée dans le fond de la cour à ravaler son vague à l'âme, puisque la bataille était perdue d'avance. Ma bien-aimée, trop aimée dirait le poète, giclait d'impatience de m'enlacer dans des effluves pyrotechniques. Avec un brin d'imagination et, surtout, les yeux fermés, je pouvais même l'apercevoir s'agglutiner à mon corps, à mon cœur et à mon ego, qui prenait des proportions gargantues-ques. Elle était enflammée du désir de me dévoiler son amour et j'étais incendiaire à le recevoir.

Soudain, un bruit ! Si minuscule mais si troublant que j'ai rouvert les yeux, une sage décision dans les circonstances. Regard circulaire : rien ; écoute attentive : rien. Perception ultra-sensorielle : toujours rien. Décidément, ma nervosité me jouait des tours.

Bon, il était temps de passer aux choses sérieuses, à l'acte final et à la tombée du rideau. Je me penchai à la fenêtre. Au même instant, oups ! un autre bruit, celui-là plus près, plus stressant et plus… CANIN !

Je me retournai aussi vite qu'un élève sort de son école le 22 juin à 3 heures. Zéphyr était là, dix fois plus gros, cent fois plus laid et mille fois plus terrifiant. Je le jure sur la tête de ma défunte grand-mère, le chien ricanait et de ses crocs sanguinaires dégoulinait une bave vengeresse.

La situation se corsait, les carottes étaient cuites et mon avenir me paraissait plutôt sombre, d'autant plus que le soleil – peut-être craignait-il le pire lui aussi ? – se dissimulait derrière un épais cumulonimbus dont les formes me rappelaient le directeur de discipline au collège. Si j'avais eu une gomme dans la bouche à cet instant précis, je l'aurais avalée de travers. Je me contentai de ravaler ma salive, mes espoirs et ma candeur. Action-réaction, le monstre laissa tonner un jappement sourd qui me vrilla le courage en l'émiettant en mille particules de lâcheté, de trouille et de sauve-qui-peut.

Puisque je ne pouvais fuir, coincé entre la fenêtre, le père de Suzanne, dont la voix commençait à emprunter des intonations alarmantes, et le gentil chien-chien aux attentions belliqueuses, je décidai de ne rien décider. Peut-être qu'à attendre des minutes, des heures, des journées s'il le fallait, tout ce beau monde finirait par se lasser, l'un retournant dans sa niche, l'autre dans son salon. J'espérais même une banalité du genre : *Ah! c'était un cauchemar! Je vous ai bien trompés, hein ?* Mais les histoires qui se terminent ainsi n'ont pas une bonne renommée dans le milieu.

Alors, je devais agir vite et bien. J'ai sorti ma calculatrice (virtuelle puisque inexistante en 1958). J'ai fait tous les calculs imaginaires, allant de $2 + 2$ à certains logarithmes que mon prof de maths nous avait enseignés et dont je ne comprenais pas la première donnée.

Peine perdue. Je devais payer le prix de mon audace. Il me restait à choisir le moindre supplice : les crocs d'un chien vicieux ou le poing d'un père hargneux. Et c'est alors que se produisit l'événement le plus risible de ma vie… pour les autres, évidemment, puisque en ce qui me concerne, ce fut l'horreur, la catastrophe, l'hécatombe et j'en tais des plus terribles.

Zéphyr grondait, murmurait des menaces entre ses dents et, tel un taureau en chaleur, plantait ses pattes arrière dans le sol pour mieux s'élancer sur mon moi tremblant. Le papa de Suzanne haletait derrière le rideau tiré et, tel un orignal en chaleur, s'apprêtait à fondre sur mon moi terrifié. Toute cette chaleur animale et humaine me donnait froid dans le dos et me gratifiait de frissons qui, eux, n'avaient rien de gratifiant.

Soudain, venue de nulle part, mais probablement de sa chambre, même si je ne pouvais voir ma bien-aimée, la voix de Suzanne flotta jusqu'à mon oreille droite, la gauche étant occupée à mesurer l'intensité des grognements de Zéphyr, ce qui permettait à mon cerveau encore intact de calculer les secondes qui me restaient avant l'attaque ultime. Je tremblais tellement que ses paroles m'atteignaient en saccade, certaines syllabes se perdant dans la brise et d'autres percutant mon tympan comme un coup de semonce. Dans le cafouillis, je perçus les sons suivants : « Mi... t'ai... télé... vi... te... pou... ciens... si... née ! »

Quelle énigme ! Je n'y comprenais absolument rien. J'avais beau me répéter les syllabes une à une, les tambouriner dans ma tête, les retourner dans tous les sens, les déplacer et les intervertir, cela n'avait aucun sens. Mais je m'assurai de bien les estampiller dans ma mémoire au cas où je sortirais vivant de cette aventure.

Justement, parlant aventure, j'allais oublier le danger, grossière erreur pour un futur écrivain. Donc, le chien grognait et le papa ronchonnait. Je regardai la bête une fraction de seconde et jetai ensuite un dernier coup d'œil à la fenêtre, de fait au rideau que, malheureusement ou heureusement, personne n'avait eu la brillante idée de tirer un tant soit peu. Comme je ne parvenais pas à me décider, à savoir quelle direction privilégier, je me suis dit que je laisserais cela au hasard. De toute façon, aucune option ne me plaisait outre mesure. Alors, je me suis mis à tourbillonner sur moi-même comme une véritable toupie, en me disant qu'une fois immobilisé, j'allais m'élancer dans la voie du destin.

Mon manège dura quelques secondes et m'infligea une nausée incroyable. Et j'atterris directement face à la fenêtre. Bonne chose en soi, puisque Zéphyr, sûrement énervé par mon tourbillonnement intempestif, ne pouvait plus contenir sa rage et enfonça ses crocs dans mon fond de culotte, ce qui éteignit ma dernière hésitation. Je me projetai tête première à travers la moustiquaire et m'affalai de tout mon long sur un tapis *shag* orange de mauvais goût, mais dont l'odeur était sublime. D'abord, un cri : fameux, doucereux et crémeux ; le cri de Suzanne, surprise, presque conquise. Puis, un deuxième cri : odieux, raboteux et vicieux ; celui de son paternel, furieux, presque dangereux ; enfin, un troisième cri : peureux, anxieux et laiteux ; le mien, paniqué, presque mortifié.

Suzanne se pencha sur moi pour vérifier si j'étais blessé, mort ou vivant, gêné ou traumatisé. Elle se rendit compte aussitôt que j'étais à peu près tout ça à la fois. Sans lui donner le luxe de me poser la moindre question, je me relevai d'un bond et courus jusqu'à la sortie avant, évitant au passage le coup de poing que me destinait son père. Je sortis et volai jusque chez moi, où j'arrivai aussi vite qu'une tornade, essoufflé, honteux et confus.

Dès qu'elle me vit, ma maman en or étala le plus magnifique des sourires. Et quel sourire ! Un sourire maternel, un sourire gâteau, un sourire guérisseur. Oh ! Déception ! Elle ne reconnut pas la tempête qui me secouait de toutes parts. On dit que l'amour rend aveugle, et c'est encore plus vrai quand il s'agit de l'amour d'une mère. À ses yeux, j'étais gentil, intelligent et beau ; le plus extraordinaire des fils ; un futur avocat, médecin ou premier ministre, alors que ses douze filles allaient toutes devenir de futures mamans. Jamais je n'osais la contredire ou minimiser ses attentes à mon égard, de crainte de perdre les faveurs dont elle me privilégiait aux dépens de mes sœurs qui en crevaient de jalousie.

Ma maman en or 14 carats me cria des paroles explosives au moment même où je m'élançais dans l'escalier du sous-sol afin de me terrer dans le coin le plus sombre pour lécher mes plaies.

– Michel ! Suzanne, la voisine, a télé-phoné juste comme tu partais. Elle orga-nise ce soir une fête pour tous les anciens élèves de sixième année. Elle voulait t'inviter !

J'ai arrêté de courir, de respirer, d'exis-ter ! Mon corps et mon esprit étaient plon-gés dans une mare sans fond, prisonniers d'un labyrinthe sans sortie et hypnotisé dans une huitième dimension. Heureuse-ment, il me restait une once d'instinct pur et un gramme et quart de mémoire. C'est précisément là que le résidu, si minime fut-il, de mon intelligence encore activée me rappela des lettres finement ciselées dans une couleur bleu ciel sur une surface rouge enfer :

« Mi... t'ai... télé... vi... te... pou... ciens... si... née ! »

Eurêka ! Je comprenais enfin le sens des paroles de Suzanne ! C'était clair comme l'eau de roche, précis comme l'horloge de Greenwich et illuminé comme le Forum, un soir de spectacle de Metallica. Je pris un crayon imaginaire, un bout de papier imaginaire et transcrivis des mots réels :

« Michel, je t'ai téléphoné pour t'invi-ter à une fête pour les anciens élèves de sixième année. »

Comme j'allais trébucher dans l'escalier, ma maman ajouta sur un ton joliment ricaneur :

– Imagine-toi, mon trésor, que Suzanne veut que tu l'accompagnes à sa fête ! Tu seras son cavalier !

J'atterris sur le matelas que ma protectrice avait minutieusement placé au bas de l'escalier dès ma naissance, sachant par intuition que j'allais souvent m'y écraser, elle qui avait bien deviné ma propension à gaffer. Je fus quand même étourdi par ma chute, mais pas au point d'afficher une affreuse grimace en comprenant mon horrible bévue.

Quel idiot j'étais ! La journée même où j'avais eu l'air le plus fou, mon adorable voisine m'annonçait de façon subliminale mais tellement limpide qu'elle était follement amoureuse de moi. Et j'avais tout bousillé !

Une vie de chien !

Le manteau

par
Cécile Gagnon

Avoir l'air fou : *la consigne a été respectée, c'est certain. Mais il y a une variante qui peut vous sembler tordue. Je me permets de raconter ici ce qui a été vécu par une autre que moi. Par ma mère. Si c'est moi qui prends la plume, c'est par nécessité. En effet, ma mère n'a pas le courage de raconter sa mésaventure ou son égarement, devrais-je dire. L'incident dont il est question a duré à peine quelques minutes, mais il a été intense et porteur de grandes émotions. Et ma maman a assurément eu l'air très, très fou. À son retour à la maison, jamais je n'avais vu ma mère rire autant (et pleurer autant). Puis, par bribes et soubresauts, elle a fini par me dévoiler son secret. Rire ? Que dis-je ! On aurait plutôt cru à une sorte de folie. J'avoue qu'à un certain moment j'ai vraiment cru qu'elle avait perdu la boule.*

La semaine qui a suivi l'événement que j'ose relater, ma mère a été tolérante, de bonne humeur et souriante. À vrai dire, elle a ri une semaine entière. J'ai bien profité de son hilarité. Ma conclusion, c'est que le rire engendre le bonheur. Êtes-vous aussi de cet avis ?

JE N'AVAIS PAS DU TOUT pensé à écrire cette histoire. Mais je n'ai pas pu faire autrement. Elle est trop drôle. Si vous l'aviez vue se tordre de rire le soir, au retour de son escapade. Rire ! Que dis-je, elle en pleurait tellement elle riait !

Qui ça, *elle* ? Mais ma mère, pardi ! C'est à elle que tout ça est arrivé. Et si c'est moi qui raconte, c'est d'abord parce qu'elle a un peu honte (elle a peur de rencontrer les gens du restaurant dans la rue) et la deuxième raison, c'est que, même après deux mois, elle est incapable de revenir sur l'incident vécu sans mourir de rire : elle balbutie, reprend des détails, rajoute des éléments oubliés en bafouillant et ça repart de plus belle, elle rit et pleure et perd tous ses moyens.

Alors, voilà, écoutez bien, vous n'allez pas vous ennuyer. Je me permets de mettre en ordre, pour vous, les phrases décousues que ma pauvre mère, Clara, a essayé de me transmettre cent fois.

☺

Nous sommes un vendredi soir d'automne ordinaire et, comme toutes les femmes qui travaillent, ma mère en a assez d'avoir préparé les repas pour la famille toute la semaine et elle décide de prendre congé. Elle déclare :

— Ce soir, je vais au restaurant.

Clara téléphone à sa copine Véronique et l'invite à partager sa sortie, à défaut de conjoint. Ça tombe bien, Véronique a justement gagné un repas pour un invité Chez Émile, un restaurant chic de la rue Lajoie, à Outremont.

— Youppi ! On y va.

Deux belles femmes libres qui sortent en ville un vendredi soir, cela demande quelques préparatifs. Habillage et maquillage prennent beaucoup de temps. Ce qui permet à ma mère de remarquer à haute voix que ses cheveux ne sont pas comme ils devraient, que sa peau a besoin de soins, etc., etc., doléances et réflexions multiples qui ne m'intéressent pas. Derniers appels téléphoniques, rendez-vous précis.

– Bonne soirée, mon chou. Débrouille-toi pour ton souper. Je ne reviens pas tard.

Enfin, elle est prête, elle choisit de porter son manteau beige d'allure James Bond, un truc avec des poches à rabats et des épaulettes boutonnées. Un manteau bien ordinaire qu'elle adore, car elle peut y laisser traîner plein de choses dans ses poches profondes. Elle sort la voiture de la ruelle et s'en va rejoindre sa copine qui l'attend au coin de la rue.

– On a le temps ; si on allait prendre un apéro ? suggère Véronique.

– Bonne idée.

Elles garent la voiture et s'en vont au bar branché au bout de la rue Bernard. Chez Émile est juste un peu plus loin. À l'heure prévue, Clara et Véronique font leur entrée au restaurant choisi. Décor classique, petite musique de fond. Le maître d'hôtel un peu maniéré leur désigne une table bien en vue. On dépose les manteaux au vestiaire et on prend place.

Une atmosphère feutrée et légèrement prétentieuse saisit les deux convives, mais elles s'en fichent : après tout, elles ont bien droit à un dîner fin, elles aussi !

Le serveur apporte le menu. Les deux amies le parcourent en silence. Puis elles se regardent.

– C'est très cher ! murmure Clara.

– Pas envie de manger des rognons, moi, déclare Véronique.

Et en sourdine, elle ajoute :

– N'oublie pas que mon invité ne paie pas.

– Ça, c'est moi. Hum...

Les deux amies reprennent leur lecture. D'autres convives entrent et s'installent. Ils doivent êtres des habitués car ils ont l'air très à l'aise. Le serveur revient pour connaître leurs choix. Les deux copines n'arrivent pas à se décider. Levant les yeux, elles font un petit tour d'horizon discret de la salle du restaurant.

Elles déplient leur serviette grand format et se mettent à grignoter le pain dans la corbeille et à siroter un peu d'eau tout en relisant attentivement le menu – et la carte des vins, pourquoi pas ! Repas gratuit ou pas, ce restaurant ne leur dit rien qui vaille ! Il y a des choses inexplicables comme ça : ce resto pourtant des plus raffinés, dont on vante les mérites dans les gazettes, est maintenant plein de convives distingués. En soupirant, Véronique remarque :

– Je ne mange pas si souvent dans un machin de luxe, mais ici, j'te dis…

– Tu dis quoi ? questionne Clara.

– Ça me déprime ! Pour le prix, même avec notre rabais, c'est trop cher et j'appréhende de la bouffe chichiteuse avec des petites sauces sophistiquées… t'as lu ? Magret de canard sur son lit d'airelles, sauce aigre-douce !

– Je ne mange rien dans un lit ! murmure ma mère en pouffant de rire. Mais, ici, c'est ton idée.

– Alors ?

Les deux femmes jettent un coup d'œil rapide vers le garçon qui prend les commandes à la table voisine.

– On s'en va ?

D'un commun accord, elles posent rapidement leur serviette et, d'un geste faussement décontracté, elles se glissent hors de leur fauteuil en essayant de prendre un air le plus normal possible. Destination : le vestiaire pour récupérer les manteaux et sortir au plus vite sans faire de vagues. Le maître d'hôtel, derrière le bar, les observe. C'est gênant. Très gênant.

Clara et Véronique saisissent leurs manteaux avec courage et s'empressent de sortir dignement du restaurant sans regarder personne. Une sortie véritablement héroïque car tous les regards sont maintenant tournés vers elles. En plus, le maître d'hôtel s'empresse de leur souhaiter, avec un grand sourire et un brin de dépit dans la voix :

— Bonne soirée, mesdames !

Quelques têtes se tournent et les regards ne sont pas ce qu'on pourrait qualifier d'amicaux. À peine sorties, Clara et Véronique remontent la rue et, sans ouvrir la bouche, elles foncent vers la voiture stationnée heureusement pas très loin. Ouf ! Vite, la clef. Clara fouille dans son sac et ouvre la portière. Enfin. Les deux amies, soulagées, rigolent sans plus.

— Où est-ce qu'on va ? demande Véronique.

— Au St-Hubert ! décide Clara.

Assises dans la voiture, Clara et Véronique commentent leur décision.

— C'était sinistre comme atmosphère !

— Et à quarante dollars le couvert… c'était trop pour moi. On a bien fait de partir.

– Mais qui sait la réputation qu'on s'est faite ! J'espère que le maître d'hôtel n'habite pas le quartier. On risque de le revoir !

– Bof !

– As-tu vu, à la table du fond, il y avait l'ex de Renée avec sa nouvelle conjointe ? Je parie qu'il nous a bien reconnues, lui !

– Ah ! Et puis tant pis ! On s'en va chez St-Hubert, ça suffit !

Clara met le moteur en marche, puis elle plonge la main dans la poche de son manteau à la recherche de ses gants. Il ne fait pas chaud ce soir.

Ses doigts rencontrent un trousseau de clefs. Bizarre. Elle sort aussitôt l'objet qu'elle inspecte. « À qui sont ces clefs ? se demande-t-elle. Et où sont mes gants ? »

Elle plonge la main dans l'autre poche. Elle retire un petit carnet rouge en cuir. Clara ne se souvient pas avoir jamais possédé un tel carnet. Véronique s'impatiente :

– Alors, on y va ? J'ai faim !

Tout à coup, Clara est saisie d'un fou rire qui débute doucement et va s'amplifiant. Bientôt, elle est pliée en deux sur le volant tant elle rit.

– Ben, voyons ! s'écrie Véronique. Qu'est ce qui te prend ?

Il se passe une longue minute avant que Clara ne réussisse à répondre. Véronique est un peu exaspérée :

– Explique-toi !

Clara regarde son amie en essuyant ses joues où glissent de grosses larmes. Et indiquant son manteau beige, elle finit par articuler à travers ses hoquets :

– Il n'est pas à moi !

– Quoi, qu'est-ce qui n'est pas à toi ? questionne Véronique.

– Le manteau !

☺

Véronique ne tarde pas à comprendre la situation. Elle se met à rire, elle aussi. Heureusement qu'il fait nuit car les passants auraient pu s'inquiéter de voir deux femmes déchaînées en train de se bidonner, riant et pleurant à la fois, dans une voiture stationnée sur la rue Bernard un vendredi soir.

Une fois les mouchoirs rangés, il s'agit pour Clara de s'activer avant de perdre tout son sang-froid. Sa copine l'encourage, mais ses incitations sont tellement ponctuées d'éclats de rire et de sanglots contagieux que Clara doit se faire violence pour passer à l'action.

Vite, elle se décide, ouvre la portière et, bravement, « le » manteau bien attaché, elle affronte le vent glacé et se dirige vers le restaurant à pied.

J'aurais payé cher pour être témoin de son entrée dans l'antre du dégoût. J'ai dû me contenter de son compte rendu. En fait, ma mère est allée si vite – repérant instantanément son manteau au vestiaire (elle avait bien mémorisé les lieux) et faisant le changement en un tournemain – qu'elle a du mal à s'en souvenir. Moi, je ne peux qu'imaginer la tête du maître d'hôtel et des convives. Le cœur battant à tout rompre, ma mère a fini par retrouver le trottoir avec « son » manteau sur le dos, ses gants dans la poche gauche tenant lieu de preuve de propriété irréfutable.

☺

En tout cas, le repas au St-Hubert a été le meilleur depuis un an ! C'est ma mère qui l'affirme. Au fond, le héros de l'affaire, c'est bien le manteau beige. À chaque fois qu'elle l'endosse, Clara rigole. Il y a de quoi !

Le chat de Mustafa

par

Louise Tondreau-Levert

En plus d'écrire des nouvelles, j'écris des contes et des petits romans. J'adore les courtes histoires qui finissent sur une note joyeuse ou comique. Malheureusement, je suis allergique aux chats. C'est pourquoi je n'en ai pas chez moi. Par contre, celui de mon histoire ne me ferait pas éternuer. De gros, de malins et de drôles de chats hantent les livres de nos bibliothèques, mais le chat de Mustafa ne laisse personne indifférent. Dès que vous aurez commencé la lecture de cette histoire, impossible de vous arrêter. La bête intrigue tout le monde, surtout le héros de ma nouvelle. Voyez comment une simple balade pour perdre du poids le mène à inventer d'incroyables scénarios sur ce chat et pourquoi, à la fin, il a l'air si fou !

M. MUSTAFA et moi habitons la même rue, lui côté sombre et moi côté soleil. Mustafa possède un chat, moi pas. Mustafa est Algérien, moi Québécois. Mme l'Amie, notre voisine, se fait un devoir de parler à tous les gens du quartier. Elle m'a dit tout ce qu'elle savait de cet homme, c'est-à-dire pas grand-chose, à part qu'il avait un drôle d'animal de compagnie. Il faut dire que la bête de Mustafa est plutôt extravagante. Un jour qu'il la promenait, je prenais justement l'air matinal. Ce que je vis m'estomaqua. Au bout de ses incroyables moustaches noires pendaient des perles écarlates. La tête du félin, recouverte d'écaille, dodelinait sur un cou d'argent fin. Son corps souple miroitait au soleil comme s'il portait une peau de lézard, et ce, jusqu'au bout de la queue. Ses quatre pattes griffues cliquetaient doucement sur le béton. M. Mustafa ne semblait pas s'apercevoir de l'étrangeté de son compagnon. Il déambulait avec sa bestiole au bout d'une laisse, aussi fier que s'il promenait un chien de race ou un grand félin. Racée, elle l'était pourtant, cette étonnante bête. Tellement que les passants s'arrêtaient pour l'examiner. Certains posaient des questions au maître et d'autres, plus insolents, voulaient la toucher. Mais la peau de ce faux chat détestait les caresses. Nul ne pouvait le frôler sans recevoir un coup de patte aux griffes acérées. Aussitôt, les gens s'en désintéressaient et passaient vite leur chemin. J'aurais aimé faire de même, mais ma nature trop curieuse me dictait le contraire.

Je suivis donc Mustafa et son espèce de chat-poisson. Un « chat-poisson », voilà ce qu'était l'animal. Comme l'hippogriffe, la licorne et le centaure, il avait une double identité. Mustafa lui-même était un singulier personnage. Il portait tout au long de l'année une cape sombre d'une couleur indéfinie. Il ne l'enlevait ni par temps chaud ni par temps froid. C'était chez lui comme une seconde peau. Et son couvre-chef, telle une couronne, lui donnait cet air hautain des grands hommes. L'homme arborait lui aussi une moustache noire, mais la sienne était touffue et fourchue. Il avait l'air de sortir d'un film d'horreur tellement il détonnait, par ce beau matin de juin. Je décidai de poursuivre mon indiscrétion tout en me demandant où elle me mènerait. Le chat-poisson ne se laissait pas distraire facilement. Même le canari de Mme l'Amie ne retint aucunement son attention. Et le gros chien du garagiste du coin ne le troubla point et ce, malgré ses aboiements incessants. L'animal glissait rapidement sur le trottoir. Il guidait Mustafa, qui ne s'en formalisait pas. Je saluai au passage mes voisins. Ils se demandaient ce que je pouvais bien faire dehors si tôt le matin. Moi qui habituel-lement ne sortais que pour me sustenter.

Aujourd'hui, j'avais envie de nou-veauté et le chat-poisson satisfaisait pleinement mon humeur coquine. Je le suivis donc discrètement. Nous descen-dîmes la rue qui menait au port. C'était une avenue bordée d'arbres matures.

Malheureusement, le nom de ces arbres aux feuilles dentelées et à l'écorce grisâtre m'échappe. Par contre, je sais qu'avec son bois on fabrique des instruments à vent. L'homme et la bête marchaient de plus en plus vite, ce qui me fit hâter le pas. Puisque je n'avais pas l'habitude des longues randonnées, j'étais déjà à bout de souffle. Mais je ne pouvais ralentir la cadence, car il me fallait absolument savoir où ils allaient. Je croyais qu'ils se dirigeaient vers le fleuve, mais lorsqu'ils y arrivèrent, ils bifurquèrent à gauche pour remonter la rue suivante qui, elle, était bordée de platanes. Une fois arrivés à l'intersection de la rue Principale, ils prirent à droite vers le centre-ville. J'avais l'impression de tourner en rond, mais le chat-poisson tirait sur sa laisse, il poursuivait sa course sans ralentir. Mustafa était un peu essoufflé, lui aussi, et je pense qu'il n'appréciait pas beaucoup la marche rapide que lui faisait subir son hurluberlu de compagnon.

Le tohu-bohu du centre-ville ne les dérangeait pas et ils ne ralentirent même pas aux feux de circulation. Les gens pressés de rentrer au travail prenaient à peine le temps d'examiner cette bête insolite, mais ceux qui ne craignaient pas d'être en retard s'y attardaient. Les curieux qui osèrent le regarder de près virent que ses yeux ne possédaient ni cils ni paupières. Des yeux de poisson sur une tête de chat, personne n'avait jamais vu ça ! Je dois dire que ce n'était pas ce que l'animal avait de plus beau. Le chat-poisson faisait comme si de rien n'était. Mais lorsqu'un homme, s'étant risqué à toucher les perles rouges au bout des moustaches, se mit à hurler, alors tout le monde disparut derrière les portes des gratte-ciel. Pendant un court instant, la ville devint silencieuse tant le chat-poisson impressionnait. Mais, sitôt la surprise passée, le vacarme de la ville reprit de plus belle.

Je commençais à m'impatienter. J'avais hâte de savoir où cette escapade nous mènerait. De plus, la faim me tiraillait. Heureusement que Mustafa eut la bonne idée d'acheter des croissants et une bois-son chaude chez le boulanger. Je me contentai d'une boisson, malgré l'odeur appétissante des beignets, tout en prenant soin de ne pas trop m'approcher, au cas où mon voisin se douterait de mon indiscrétion. Avant de continuer ma filature, je pris le temps de m'asseoir à la terrasse de la boulangerie pour me reposer un peu. La ville était redevenue calme, car les tours à bureaux avaient englouti la foule bigarrée des travailleurs pour quelques heures. Elles la recracheraient vers midi pour ensuite la ravaler jusqu'à dix-sept heures.

Le curieux personnage et son animal de compagnie n'étaient qu'à neuf ou dix mètres devant moi. Je me dis que je les rattraperais au pas de course. Une fois qu'ils ne furent qu'à quelques enjambées, je ralentis pour éviter d'être aperçu. Précaution inutile, car l'homme ne regardait jamais en arrière, il suivait son chat-poisson comme si rien d'autre n'existait. Ils contournèrent la grande place et nous arrivâmes devant un immeuble de cinq étages où on pouvait lire sur la devanture, « Pianos neufs et usagés ». Ils entrèrent et la porte claqua sur les talons de Mustafa. Elle se verrouilla derrière lui, m'empêchant de les suivre à l'intérieur. Impossible de sonner, puisque je n'étais pas attendu et que je ne pouvais pas m'improviser pianiste. Je renonçai.

Valait-il mieux rebrousser chemin ou attendre patiemment qu'ils ressortent ? Je pris le temps d'examiner l'architecture de la bâtisse plus que centenaire devant laquelle je me trouvais. Jadis, je m'étais intéressé à ces vieux immeubles, vestiges du temps passé. Celui-ci était de style rococo, très à la mode au XVIIIe siècle. Inspiré du baroque italien et du décor rocaille français, il avait gardé son charme d'antan. Le propriétaire avait dû l'entretenir à grands frais, car la porte d'entrée et les fenêtres avaient cet air pimpant des objets fraîchement peints et le crépi de ciment possédait encore sa teinte grise originale. Las d'attendre, je décidai de rentrer chez moi. Je marchais lentement tout en profitant de cette belle journée d'été. Le ciel bleu sans nuages donnait envie de flâner tout en se laissant caresser par les rayons du soleil. Ce que personne n'osait plus faire depuis qu'on avait décrété que ses rayons étaient aussi nocifs que les armes nucléaires. Contrairement à la fin du siècle, le bronzage n'était pas du tout à la mode. En ce milieu du XXIe, tout un chacun se cachait du soleil et plus personne n'osait sortir sans se couvrir de la tête aux pieds. Avant de partir, ce matin, j'avais pris la peine de m'enduire de lotion solaire facteur soixante et, sur ma tête, reposait un grand chapeau de paille.

Seul, dans un centre-ville presque désert, car les bureaux ne laisseraient pas partir leurs employés avant encore deux bonnes heures, je me dis que mon voisin et son chat finiraient par sortir, alors je revins sur mes pas et décidai de traîner dans le coin. J'attendis presque une heure et, finalement, l'homme et l'animal sortirent de l'immeuble. Sans s'attarder, ils firent le chemin en sens inverse, jusqu'à la maison de Mustafa. Il ne me restait qu'à traverser la rue pour entrer chez moi. Ce que je fis, car l'heure du lunch approchait et cette longue marche m'avait donné faim. Mais je ne savais toujours pas ce que Mustafa et son animal faisaient à l'enseigne des « Pianos neufs et usagés ». De plus, je ne savais rien du chat-poisson. D'où venait-il ? Que mangeait-il ? Et surtout, comment lavait-il ses écailles ? Je me surpris à imaginer la vie du chat-poisson. Naviguer entre bocal et litière devait la rendre drôlement compliquée. Au saut du bocal, il avalait un petit-déjeuner comprenant une pâtée de moucherons et de vers de terre, arrosée de jus de poisson. Le tout servi avec de l'eau aromatisée aux algues de mer. Voilà ce que devait manger cette étrange bête.

Avait-il des frères ou des sœurs ? Lorsqu'il ne déambulait pas dans la rue, il devait passer son temps à polir sa peau de poisson. Je divaguais mais, depuis ce matin, lui et son maître m'obsédaient. Je décidai de faire une sieste et ensuite, pour en avoir le cœur net, d'aller cogner chez mon voisin.

Je dormis plus longtemps que prévu et, lorsque j'ouvris les yeux, de lourds nuages cachaient le soleil. Seize heures sonnaient à l'horloge. Tout de suite, je décidai de mettre mon plan à exécution. Cette fois-ci, je n'eus pas à m'enduire de lotion solaire, car le ciel laissait tomber une pluie fine et froide, ce qui m'arrangeait. La chaleur me faisait suer à grosses gouttes, probablement à cause de ma corpulence. Je n'étais pas gros, mais enrobé, comme le disait si bien ma mère. Gros et enrobé, c'est la même chose, selon moi. Bien décidé de perdre mon enrobage, j'avais choisi de faire de la marche. Voilà pourquoi j'étais sorti de si bonne heure, ce matin. De suivre Mustafa et son drôle de chat rendait l'exercice plus intéressant. Lorsque je m'apprêtai à sortir, le faible crachin se transforma en pluie diluvienne et me rendre chez mon voisin ne m'apparaissait plus comme la chose à faire. Je décidai donc d'attendre au lendemain. Je commençai la préparation de mon frugal repas du soir, en espérant que mes efforts ne seraient pas vains, mais je savais très bien qu'il me faudrait des mois pour retrouver la forme de mes vingt ans.

Après une nuit hantée par des dizaines de chats-poissons qui miaulaient à ma fenêtre, je réussis à me lever. Une douche suivie d'un léger petit-déjeuner me réveilla complètement. La pluie de la veille avait fraîchi le temps, ce qui m'obligea à mettre un manteau. Le ciel n'étant pas complètement dégagé laissait présager encore des averses. Mais il fallait absolument que j'aille marcher pour ma santé et, ma curiosité n'étant pas assouvie, je décidai de me rendre directement chez Mustafa. Une fois devant chez lui, j'hésitai. Qu'allait-il penser de cette démarche ? Allait-il se fâcher et me fermer la porte au nez ? Tant pis, je devais connaître la vraie nature de son animal. Je m'exécutai et fis vibrer la sonnette, qui retentit aussitôt dans son appartement. Plusieurs minutes passèrent et je me dis qu'il était peut-être déjà sorti. Mais finalement, l'homme ouvrit et me gratifia d'un magnifique sourire. Je me présentai comme son voisin d'en face et il me répondit :

– Bonjour, monsieur Coupal, votre visite tombe à point. J'ai un rendez-vous important et je n'ai personne pour m'accompagner.

D'où cet homme tenait-il mon nom ? Et pourquoi devait-il être accompagné ? Ne sachant quelle attitude adopter, je décidai que la franchise était la meilleure solution. Je le bombardai de questions, tellement que le pauvre homme ne savait plus par où commencer. Il m'invita au salon et, pendant que je m'installais, il me demanda de l'excuser. L'appartement était plongé dans l'obscurité et je me dis qu'il aurait au moins pu ouvrir les rideaux. Chose étrange, malgré le manque de clarté, l'homme portait des verres fumés. Il revint avec deux tasses et un pot de lait qu'il déposa sur la table à café. Il me pria de me servir, ce que je fis. Il m'imita avec maladresse, mais sans rien renverser. J'ajoutai un nuage de lait à mon thé, comme le faisait ma mère.

J'avais l'impression que mon hôte fixait le mur derrière moi, ce qui me rendait mal à l'aise. Je ne voyais pas le chat-poisson, il devait dormir dans un coin, ou alors il nageait dans le bain. Mon voisin commença par me dire qu'il me connaissait à cause de ma cousine, dont il avait accordé le piano. En apprenant son adresse, elle lui avait dit que son cousin, Pierre Coupal, habitait dans la même rue. Comme celle-ci ne comportait que quatre maisons et que, dans deux d'entre elles, il n'y avait que des femmes et des enfants, il ne lui avait pas été difficile de déduire que j'étais le cousin en question. Puis, j'appris que Mustafa était accordeur de pianos et qu'il travaillait à l'occasion pour la maison « Pianos neufs et usagés », située au centre-ville. Deux points restaient à élucider : l'épineuse question du chat-poisson et la raison pour laquelle il devait se faire accompagner.

Pendant quelques minutes, l'homme resta silencieux. Ensuite, il me demanda de bien le regarder. Ce que je fis consciencieusement. Il était assez bien de sa personne, malgré une barbe noire, très forte. Âgé d'une quarantaine d'années, il avait une figure honnête, un front haut et de bonnes joues. Un large sourire laissait voir des dents très blanches qui contrastaient avec sa peau basanée. Il portait toujours les mêmes vêtements sombres, qu'il recouvrait de sa large cape lorsqu'il sortait. Un homme moyen que personne n'aurait remarqué s'il ne s'était pas promené avec ce chat ridicule. Comme je ne semblais rien voir de particulier, il enleva ses lunettes fumées et tout de suite je compris ce qui, ma foi, sautait aux yeux. Mustafa était aveugle de naissance et il ne pouvait se rendre nulle part sans son animal. J'avais l'air fou, mais vraiment fou ! J'aurais dû m'apercevoir de son handicap pourtant évident. Mal à l'aise je ne savais pas comment me sortir de ce pétrin. J'aurais dû savoir que beaucoup d'accordeurs de piano sont aveugles !

La bête, finalement, n'était qu'une espèce de robot avec des capteurs et des senseurs qui lui donnaient cet air ridicule de chat-poisson. Malheureusement pour Mustafa, le robot guide était défectueux. Il avait dû le retourner à la compagnie qui fabriquait ces engins spécialisés servant d'yeux aux handicapés visuels. En attendant, impossible pour lui de se déplacer sans être accompagné. Pour me faire pardonner ma bévue, je lui offris de l'escorter au centre-ville. Ravi, l'homme me remercia chaleureusement et me gratifia d'un de ces sourires qui font chaud au cœur.

Pour moi, ce n'était que prétexte pour aller marcher et, en plus de perdre mes kilos en trop, je me rendais utile. Pendant plus d'un mois, j'accompagnai Mustafa à son travail et, en prime, il jouait du piano pour moi. Le jour où le chat-poisson revint, le chagrin nous envahit tous les deux. Nous nous étions liés d'amitié, grâce à nos randonnées matinales, et je n'avais pas envie qu'on me remplace par un animal robotisé. J'avais perdu plusieurs kilos et Mustafa avait l'impression de voir, car je lui décrivais tout ce qui se passait. Grâce à lui, j'appris que les arbres aux feuilles dentelées sont des micocouliers et qu'en plus d'en faire des instruments à vent, on fabrique des rames et des cannes à pêche avec son bois. Il congédia le robot et, depuis, je l'accompagne partout. Je me fiche éperdument de ce que pensent ceux qui nous voient toujours ensemble, car l'amitié n'a pas de prix.

Kiri, mon amour de chien fou

par

Lysette Brochu

Ce n'est pas parce qu'on a un gros nez, de grandes oreilles ou les jambes arquées qu'on n'est pas digne d'amour. De même pour un animal moche…

Cette histoire de chien laid qui vous fera rire ou pleurer est bien vraie, sauf pour quelques petits changements dans les détails, évidemment, privilège de l'auteure. D'ailleurs, Pierre, mon fils, me dit souvent : « Maman, toi qui as enseigné pendant trente ans et qui écris depuis plus de vingt ans, toi qui aimes raconter, pourquoi tu ne composes pas un texte pour les jeunes au sujet de notre chien ? Tu te souviens de ce jour au collège où j'ai eu l'air bien fou à cause de lui ? Je sais que tes lecteurs et tes treize petits-enfants vont savourer cette anecdote. S'il te plaît, maman, fais revivre Kiri en mots… »
Eh bien, voici, je te donne la parole, Pierre…

www.lysettebrochu.com

UN MATIN de fin d'été ensoleillé, après une longue discussion avec ma mère, mon père, de bien mauvaise grâce, avait fini par acquiescer :

– D'accord, fais à ta guise, vas-y chercher un chien, si tu penses que les enfants en ont absolument besoin pour leur bonheur. Mais je te le dis d'avance, ce n'est pas moi qui en prendrai soin et il faudra le garder dans la niche que je lui bâtirai au fond de la cour. Et puis, pas de longs poils, pas de trop gros animal non plus…

Maman n'attendit pas au lendemain, de crainte qu'une bonne nuit de sommeil puisse amener son mari à changer d'avis, toujours réticent, malgré son heureuse nature, à s'engager pleinement devant la possibilité d'adopter un chien.

– Les enfants, allons-y, on s'en va à l'animalerie. Papa a dit « oui » ! On va choisir notre nouveau compagnon.

À peine étions-nous entrés qu'un chiot encagé tentait déjà d'attirer notre attention en sautant énergiquement, en jappant et, ma foi, en souriant !

– Regarde maman ! m'écriai-je. Un chien qui rit.

Je n'avais jamais vu pareil chien, si laid et si irrésistible à la fois. La tête inclinée, les babines retroussées, il m'observait attentivement et son regard semblait scruter le fond de mon cœur, tout en quêtant un peu d'affection, de compassion. Il gémissait maintenant et, le cœur attendri, je comprenais parfaitement ce qu'il voulait nous dire : « Donnez-moi ma chance. » Un véritable coup de cœur !

Son pelage noir comme l'ébène, moucheté de quelques taches jaunâtres sur le poitrail et au-dessus des yeux, ses poils raides, son crâne aplati, son museau conique, une oreille dressée et attentive, l'autre pliée sur elle-même, pendante, son corps long et musclé, ses pattes courtes, sa queue froufrouteuse et effilée, démesurément longue, et, pour tout dire, ses yeux globuleux, affreusement gros pour sa petite tête, lui donnaient une allure générale assez bizarre. Cependant, il semblait nous reconnaître et sa personnalité enjouée éclairait tant son visage de bête que nous avions tous envie de le secourir, de le protéger, de le caresser.

La vendeuse nous révéla que la génitrice du pauvre pitou haletant était une épagneule bretonne et son géniteur mâle, un terrier anglais, ce qui donnait un mélange canin assez étrange. Elle nous l'offrait contre la modeste somme de trente dollars. J'avais alors six ans, ma sœur Julie en avait cinq et mon autre sœur, Manon, trois. Je les suppliai de prendre mon parti et je défendis ma cause.

– C'est lui qu'on veut, maman, y est trop mignon !

Ma mère fit d'abord son discours :

– Pierre… enfin, les enfants, chacun de vous, pensez-y. Si vous acceptez de prendre soin de ce chien qui rit, c'est pour longtemps. C'est une grande responsabilité, vous ne pourrez pas l'abandonner au premier problème, il faudra vraiment le considérer comme un membre de la famille.

Vous aurez à le nettoyer, à le laver, à le brosser, à lui faire prendre de l'exercice. Voulez-vous en voir d'autres avant de vous décider ? Il y a cet adorable labrador beige à poil court, dans le coin, ou le bichon blanc frisé qui dort dans la vitrine…

Je sentais qu'elle faisait cette proposition pour la forme, car, je le savais, son engouement pour cette petite âme séquestrée à quatre pattes, là devant nous, était évident. Elle ne pouvait le regarder sans fondre.

D'un commun accord, nous l'avons nommé Kiri et, après avoir rempli deux grands sacs d'objets indispensables à son bien-être, un livre guide, un collier anti-puces, un harnais de cuir, une laisse ajustable, un panier d'osier, un coussin, un shampooing spécial « Beau poil », une brosse, un os pressé en peau de buffle, une balle colorée, de la nourriture sèche, des biscuits et des régals de similibœuf, une gamelle en acier inoxydable et enfin une panoplie de jouets variés – un investissement considérable –, hop ! nous sommes montés en voiture pour revenir à la maison.

Quand nous sommes rentrés, papa, mine de rien, examina notre petite boule de poils lisses qui ne comptait même pas deux mois et pouffa de rire en grimaçant comme une gargouille. Il se moqua de nous, qui étions tous transportés de joie :

– Vraiment ? Vous avez payé pour ce curieux monstre trapu ? Tout de même, c'est incroyable ! Vous appelez ça un chien ? Je m'attendais à vous voir revenir avec un pataud, beau, racé, costaud. Celui-là, il est...

Il n'eut pas le temps de finir sa phrase que l'animal effrayé s'agita, le renifla et lui mordilla une cheville en grondant.

– Bof ! Qu'est-ce que tu fais là, toi ? Si tu penses me faire peur, p'tit moteur fatigant, p'tit terroriste enragé..., répliqua mon père, l'air presque amusé, en se penchant pour lui flatter un peu le flanc.

Et voilà Kiri en train de lui tendre la patte.

J'étais rassuré, il y avait de l'espoir.

Dès son arrivée, le chiot, à notre grande surprise, fit docilement tous ses pipis et ses cacas dehors ou sur le journal étendu sur les carreaux de céramique de la salle de bains. Mes sœurs prenaient plaisir à le récompenser de félicitations, de caresses douces derrière les oreilles, de gros câlins et de petites friandises. Moi, je restais là, en attente, le torchon à la main, fier comme un paon, convaincu d'avoir choisi le chien idéal. Décidément, il se montrait très obéissant et il semblait comprendre les règles de la propreté. Malgré son nouvel environnement, fait remarquable, ce jour-là, il ne s'oublia pas et se montra très bien élevé.

La nuit tombée, après avoir pris soin de placer près de lui une veilleuse et un cadran réveil tic-tac, nous l'avons laissé au pied de l'escalier et nous sommes montés à l'étage. Malgré nos précautions, il a hurlé à pleine gorge, ne cessant de nous appeler à sa rescousse, au grand dam de toute la famille. Bref, une nuit complète sans sommeil pour lui et pour nous. J'aurais bien aimé monter le petit geignard dans ma chambre et le rassurer, mais, malgré mon jeune âge, je savais qu'il devait s'habituer à dormir sur son coussin, dans son panier. Il y avait aussi les soupirs d'impatience de papa, que j'entendais lorsque je mettais l'oreille au mur qui séparait ma chambre de celle de mes parents… Je l'imaginais qui rageait, la tête enfouie sous son oreiller… hum !

Ainsi a commencé notre aventure avec ce chien et, peu à peu, nous nous sommes apprivoisés. Il changeait nos habitudes et notre vie familiale en était chavirée, il fallait lui faire sa place, s'habituer à un nouveau quotidien.

Visites chez le vétérinaire, vaccins, quarts d'heure ici et là pour le dorloter, tour de balai quotidien afin de ramasser les poils noirs qu'il semait partout, vacances dans des lieux où ce *chien-chien* roi était le bienvenu, jeux d'envoi et de retour de la *baballe*, promenades quotidiennes qu'il aimait bien, profitant de l'occasion pour s'accroupir et fertiliser le gazon des jardins du quartier... C'est fou ce qu'une famille peut tolérer pour vivre en harmonie avec un chien.

Pourtant, un bon soir, quelques mois plus tard, comme quelqu'un ouvrait la porte, l'ingrat déguerpit comme un voleur. En effet, il avait emporté avec lui nos cœurs d'enfant et tous les trois, désemparés et peinés, nous fondîmes en larmes, en sanglotant :

– Maman, pourquoi Kiri est parti ? Il va se faire frapper par une voiture, il va se perdre...

Ma douce et consolante maman nous rassurait :

– Il grandit, notre toutou, il aime courir, se faire des muscles. Les chiens ont souvent ces envies de fuite pour se distraire un peu. Il doit suivre son instinct. Vous verrez, il reviendra.

Après nous avoir couchés, elle arpenta en vain les rues avoisinantes. Elle nous raconta plus tard qu'à minuit, n'ayant repéré aucun signe de Kiri et constatant que l'air était frais, que la nuit s'annonçait pluvieuse, elle rentra, mais devint très inquiète. Sans dire un mot, papa, qui semblait aussi désolé qu'elle, partit à sa recherche. Pas facile de trouver un corps tout noir dans l'obscurité d'une nuit sans étoiles et sans halo lunaire. Pendant longtemps, elle dit qu'elle entendit son cher conjoint crier :

– Kiri, Kiri… viens Kiri…

Enfin, au bout de deux heures, elle vit son héros à la bonne âme revenir, transi de froid, tout trempé, éternuant et grelottant, cachant sous son manteau le déserteur qui lui, l'air coupable, tremblait aussi de froid et de peur.

– Pouah ! Il pue, c'est effrayant. Je pense qu'il s'est roulé dans des ordures. Je l'ai trouvé dans un fossé. Dans sa gueule, crois-le ou non, une petite souris morte… horreur ! Je pense qu'il tentait de se sortir du trou depuis un bon moment, mais n'en était pas capable, ses pattes étant trop courtes. Une chance qu'il a de grosses prunelles rougeâtres parce que laisse-moi te dire qu'il était presque invisible, même s'il se lançait à corps perdu dans ses efforts…

Depuis ce jour, ce chien reconnaissant devint le meilleur ami de l'homme de la maison. Mon père ne pouvait plus lire son journal ou s'asseoir deux minutes dans son fauteuil sans avoir le poids de la bête sur ses pieds. Et quelle surprise ! Papa ne se plaignait guère de ces moments partagés, en silence, dans l'intimité d'un chaleureux compagnon et tous deux, à vrai dire, passaient de charmantes soirées.

L'acquisition de ce chien, eh bien ! ce fut le début de nombreuses aventures ! J'en passe, car, s'il fallait que je vous raconte la fois où il a lapé la bière qu'un invité avait renversée sur le plancher… Il me semble encore l'entendre hoqueter. Ah oui ! Le facteur craignait notre chien méchant, car, si nous avions oublié de bien l'attacher à sa corde, le vilain se faisait menaçant et poursuivait sans pitié ce pauvre homme. Pas de danger qu'il le morde, mais…

Vous ai-je dit qu'il refusait de manger si on le faisait garder ? Deux ou trois jours sans une parcelle de nourriture. Toujours est-il que nous ne pouvions jamais le laisser en arrière.

Je pense à toutes ces pantoufles à jamais perdues, disparues mystérieusement. Et le jour où il nous avait tirés, en s'agrippant désespérément à nos vêtements, voulant nous amener sous le lit avec lui, pressentant le tremblement de terre qui avait alors secoué notre région… Sans parler de sa grande peur du tonnerre lors des orages ! Mais la pire des choses, celle qui me fait encore frissonner, c'est lorsqu'il avait été heurté par une voiture et laissé pour mort le long de la route. De telles pensées ne sont pas joyeuses !

Oublions ça ! Je préfère raconter comment ce drôle de quadrupède, tout de fougue et de vie, nous surprenait, nous fascinait. Par exemple, à l'heure de rendre visite à ma grand-mère, qui habitait à un pâté de maisons de chez nous, je n'avais qu'à dire :

– Allons visiter grand-maman…

Kiri, emballé par cette perspective, aussitôt dans la rue, partait d'un coup. Il fallait le voir dans sa course folle se dessiner comme une ombre sur la neige blanche ! Sa silhouette filait en coup de vent sur le chemin menant à la maison de grand-mère et, arrivé là en vitesse bien avant nous, Kiri grattait à sa porte, annonçant notre approche. Dieu, quel chien ! Grand-maman, toute radieuse, le récompensait en le gavant de fromage ou en lui donnant le gésier bien cuit d'un poulet, qu'elle conservait spécialement à son intention. Enfin, bien rassasié, le gourmand nous accueillait en souriant de satisfaction.

Quelques années passèrent et Toto, un hamster, vint se réfugier chez nous. Kiri le prit aussitôt sous son aile. Il décida presque tout de suite d'aller dormir près de sa cage. Tous les soirs, il s'étendait sur une couverture et il conservait les yeux longtemps braqués sur son ami qui, lui, dépensait son surplus d'énergie à courir dans sa roue de plastique. Le chien souriait comme jamais... et nous étions les témoins d'une très belle amitié animale. Le rongeur s'approchait des barreaux et Kiri léchait son museau. Parfois, c'était notre chien qui se transformait en amuseur public et alors, il courait en rond après sa queue pendant que Toto l'observait... Malheureusement, au bout de trois ans, le hamster mourut. Nous l'avons enterré au fond du jardin et sept jours durant, le pauvre Kiri a poussé des hurlements tristes à fendre l'âme. Avec lui, j'ai découvert la mort et le deuil.

Plus tard, j'ai commencé à fréquenter une école secondaire, à une trentaine de minutes de notre foyer. C'était maman qui m'y conduisait. Un bon matin, comme la voiture s'arrêtait pour me laisser descendre, le vilain sortit de sa cachette. Il s'était faufilé à l'intérieur et il s'était dissimulé derrière mon banc. Maintenant, il semblait tout content de me surprendre, me léchant la figure pour m'amadouer. Habituellement, en automobile, il sautait d'un siège à l'autre, la tête et une partie du corps sorties par la fenêtre, mais pas cette fois, oh non ! Il s'était bel et bien caché. Devant le fait accompli, comme maman devait aller travailler et n'avait pas le temps de rebrousser chemin, je n'avais guère d'autre choix que de l'emmener dans la classe avec moi, ce qui, au fond, m'amusait. Peut-être voulait-il, après tout, apprendre un peu de grammaire pour mieux communiquer ; je ne veux rien exagérer, mais il était si intelligent… Mes copains de classe, eux, semblaient enchantés, intéressés par cet intrus bien inattendu.

– Ch… u… t… dites rien. Il m'a suivi jusqu'ici, mais si vous ne le taquinez pas, il restera bien sage.

L'enseignante, Mme Robineau, distribuait des feuilles de tests lorsqu'il se mit à ses talons. Mes camarades s'esclaffaient à entendre les nombreuses médailles et breloques de son collier qui tintaient les unes contre les autres comme des pièces de monnaie au fond d'une poche. Mme Robineau, d'abord surprise, ne tarda pas à froncer les sourcils et à commencer son enquête…

– Qui a osé faire entrer ce chien dans ma classe ?

Au même moment, un murmure commença à monter du fond de la salle. Un grand effronté, sans une parcelle de gêne, donnant en même temps une bourrade de connivence à Maxime Laroche, osa dire :

– Madame, regardez, il rit, il marche tout croche, il ressemble à Cujo, le chien dans le livre de Stephen King.

Je connaissais cette histoire de Cujo, animal familier et amical, qui s'était fait contaminer par une morsure de chauve-souris ; ce n'était pas un compliment. Je me levai d'un bond, insulté et prêt à bondir sur Jérôme Saint-Onge.

Kiri, vexé et l'air troublé à en faire pitié, ne semblait pas apprécier cette comparaison avec Cujo… Tout à coup, regardant le polisson fixement et en montrant les dents, il se mit à aboyer de toutes ses forces. ***Yap ! Yap ! Yap !*** Sans tarder, la voix de M. Dubois, le directeur, résonna à l'interphone :

— Madame Robineau, je voudrais vous voir dans mon bureau immédiatement et veuillez amener avec vous ce chien qui dérange les classes de l'étage, s'il vous plaît.

Par le ton de sa voix, je compris qu'il ne plaisantait pas. L'enseignante me fit signe de la suivre et d'amener « ce monstre » avec moi…

Que j'ai eu du mal à expliquer la situation et que j'étais embarrassé ! Je n'ai jamais eu l'air aussi fou de ma vie. Quand je repense à Kiri qui, blotti dans un coin, faisait alors le petit chien battu. Ah ! l'animal ! Et ce n'est pas tout. Il leva la patte de derrière et urina sur la patère où M. Dubois avait soigneusement accroché son manteau en tweed. Jamais je n'avais eu aussi honte. Je riais jaune et j'étais rouge comme une tomate. J'ai filé un mauvais coton ce jour-là, laissez-moi vous le dire.

Et puis les années ont coulé, nous grandissions, notre chien vieillissait. Jamais ce fidèle gardien ne se reposait tant que nous n'étions pas tous rentrés. Il nous attendait fidèlement à la fenêtre et son accueil joyeux, plein d'entrain, sa bonne humeur et sa loyauté, nous réchauffaient l'âme. C'était la fête, l'heure des retrouvailles, et chacun y prenait un plaisir inouï.

En aucun temps, il ne nous tenait rancœur même si, plus tôt, nous l'avions ignoré ou chassé... « Tire-toi de là, va-t'en ! » Souvent, ému par son comportement sans malice, en proie à un remords, je détournais mon regard et je me faisais cette réflexion : « Quel bel exemple de loyauté, ce chien est souvent plus fin que moi... »

Ce furent de belles années. Nous le chouchoutions, le portions comme un bébé, le bercions, le prenions en photo de tous côtés, lui achetions son bas de Noël annuel, lui servions même de la dinde rôtie pour l'occasion, le dessinions au fusain pendant qu'il posait des heures d'affilée...

Et moi, je le laissais dormir dans ma chambre, au pied de mon lit (il n'a jamais dormi dans sa niche, pas même une nuit).

Il était devenu bien précieux pour moi. Lui, il me guettait comme s'il avait reçu la mission expresse de prendre soin de moi, il me protégeait, jouait dans la cour avec moi, m'accompagnait dans mes promenades à bicyclette, et il m'obéissait. Je pouvais lui faire faire toutes sortes de prouesses : « Assis Kiri, roule, fais le mort, mon chien, saute, va chercher la balle ou le bâton, donne, arrête, nage, danse, reste, viens ici, sauve-toi, fais la culbute… »

Parvenu à maturité, le beau Kiri a donné une portée de trois chiots à une magnifique petite chienne blonde qui habitait en face de chez nous. Eh bien ! Jamais nous n'avions vu ça… Si on lui donnait un os de bœuf à ronger ou quelque autre bon morceau, même s'il appréciait la bonne chère, il partait, traversait la rue et allait le partager avec sa famille. C'était assez exceptionnel et tous les voisins le respectaient pour sa générosité animale. Impressionnés, ils commencèrent même à lui faire cuire de petits plats ou à lui donner leurs restants de table… après tout, il faut bien aider un bon père de famille.

Onze ans plus tard, nous avons déménagé de Limbour à Aylmer. Kiri a alors manifesté tous les symptômes révélateurs d'une dépression. Il n'avait plus d'appétit, il avait l'air d'avoir jeûné, n'accueillait plus nos visiteurs à la porte, sa voix semblait toujours enrouée, il bâillait souvent et, plus casanier, il dormait pendant de longues heures, enfermé dans ses cauchemars canins... Il n'arrivait pas à s'habituer à ce nouveau milieu et il menait une existence terriblement monotone.

Puis il a commencé à faire la sourde oreille et à manifester un caractère indomptable. Lorsqu'il avait la possibilité de se sauver un quart d'heure, de se tapir dans le champ, rampant comme un mille-pattes, je devais par la suite aller le chercher, guettant une longue queue frou-froutant dans les hautes herbes, pfft... car, même si je l'appelais ou criais son nom, il ne m'entendait plus ou ne voulait plus m'écouter. Je devais le toucher sur le dos et alors, le regard sans éclat, il me dévisageait et je lui faisais signe de retourner à la maison. Piteux, se déplaçant lentement, il suivait, en boitant, le triste chemin du retour, pour ensuite passer sa journée dans l'oisiveté, appréciant le confort de notre salon douillet, se vautrant dans le soleil qui passait par une fenêtre, s'endormant et ronflant si fort, parfois, que nous devions presque crier pour faire la causette ou monter le volume afin de bien entendre nos chanteurs populaires ou nos émissions télévisuelles. En plus, il lâchait rots et pets… Oh ! Vraiment désagréable ! Que ce gêneur, affaibli par les années, souffrait d'un incorrigible manque de savoir-vivre et que j'étais embarrassé lorsque la belle Brigitte venait faire un tour…

Lorsqu'il s'est mis à vomir et à maigrir, cependant, inquiets, sans hésiter un seul instant, nous l'avons conduit chez un vétérinaire. Ô horreur, notre Kiri souffrait d'un cancer. Le pauvre !

En pleurant, mon père et moi avons dû mener notre petit cœur en poil pour une dernière visite chez le vétérinaire… nous savions qu'il fallait le laisser partir, c'était son heure. J'avais l'impression d'étouffer pendant que Kiri léchait mes larmes. Je suis resté dans la salle d'attente, trop bouleversé pour suivre, les mains sur mes tempes douloureuses à en crier, pendant que mon père l'a accompagné dans le bureau. Il paraît qu'à peine dix à quinze secondes après l'injection, le témoin de nos vies depuis si longtemps avait déjà l'œil vitreux et la pupille dilatée. Il avait cessé de respirer. C'est aussi mon père qui le berça et le cajola jusqu'à son dernier souffle et qui tenta ensuite de me consoler…

Encore une fois, j'avais l'air bête et fou à cause de Kiri, je pleurais comme un veau dans la salle d'attente pendant que tout le monde me regardait, mais je m'en foutais éperdument… j'aurais donné n'importe quoi pour faire rire de moi encore et encore, si seulement cet animal que j'avais appris à tant aimer, celui qui était devenu, pour moi, le plus beau chien du monde, avait pu être encore là, à jouer à mes côtés.

Une journée de trop

par

Sonia K. Laflamme

T'est-il déjà arrivé de vivre une journée très décevante ? De vivre des moments où tu croyais que rien de pire ne pouvait survenir et pourtant, le pire finissait par se produire ? Moi, oui. On trouve ça tellement décourageant. Comme si l'univers tout entier nous en voulait… Quand ça m'arrive, pourtant, je remarque qu'il y a toujours quelque chose qui vient me redonner le sourire. Quelque chose d'imprévu, que je n'osais plus espérer. Comme quoi il faut toujours garder l'espoir. Oui, toujours. Même dans les situations difficiles.

Dans mes récits, l'espoir est d'ailleurs un de mes thèmes préférés. Je t'invite à découvrir mes différents univers de création en visitant mon site Internet : www.soniaklaflamme.com

AUJOURD'HUI, je vous le jure, c'est la journée la plus importante de toute ma vie. Car moi, Jules Castonguay, onze ans, je vais enfin avoir l'insigne honneur de sortir dans les rues au bras de la plus belle fille de l'école, Agathe Desrosiers, même âge que moi.

Je mets l'emphase sur le mot *enfin*, car tous les garçons de l'école ont fait des avances à Agathe, avances qu'elle a toutes repoussées. Sauf les miennes. Ce premier rendez-vous galant doit donc être parfait. Il faut que j'impressionne ma nouvelle amie pour qu'elle ne regrette pas sa décision.

Je me ferme les yeux et je la revois sans aucune difficulté. Hier, après la fin des classes, la cour de récréation ressemblait à un vaste terrain abandonné. L'orage menaçait et avait fait fuir les habitués du ballon prisonnier. Le dernier autobus scolaire quittait l'aire d'embarquement et je m'en retournais à pied chez moi quand j'ai entendu quelqu'un derrière moi venir au pas de course. Me retournant, je me souviens avoir souri d'un air ravi à Agathe. Les boucles de ses cheveux blond cendré voletaient dans le vent. Ses yeux noisette me regardaient avec un aplomb à couper le souffle. Sa jolie bouche rose vibrait de mots merveilleux.

— Je veux bien sortir avec toi, a-t-elle lancé, sans crier gare. Si tu veux.

Je n'allais quand même pas manquer cette chance inouïe.

— Bien sûr que oui, ai-je maladroitement bégayé.

— On se rejoint au cinéma, demain à onze heures trente. Ça te va ?

Trop inquiet d'entendre encore ma voix faire des trémolos incontrôlables, j'ai simplement hoché la tête.

Elle s'est penchée pour remonter ses longues chaussettes bleu marine rabattues sur ses chevilles. L'espace d'une seconde, elle m'a embrassé sur la joue, puis est repartie. Moi, j'ai bien dû rester planté là comme un idiot, tremblant pendant cinq bonnes minutes. Cinq minutes à me demander si j'avais rêvé éveillé, ou si je venais de vivre le plus beau moment de ma vie.

Je ne me rappelle plus du chemin du retour tant j'étais sur un nuage. Je me sentais si léger. Je volais presque dans les airs. La voix de la belle Agathe m'accompagnait et dansait dans ma tête. Son étonnante révélation se répétait sans fin.

– Je veux bien sortir avec toi, murmurais-je, sans oser y croire.

Mais je n'avais pas rêvé. Dès que je suis rentré chez moi, le téléphone s'est mis à sonner. C'était l'un de mes amis qui me félicitait. Agathe avait donc ébruité la nouvelle. Sûrement à ses deux meilleures amies, qui l'avaient ensuite répandue à la ronde. Toute la ville devait maintenant être au courant. Il n'y avait aucun doute : nous sortions bel et bien ensemble. Wow !

Vous vous doutez bien que je n'ai pas fermé l'œil de la nuit. Comment aurais-je pu ? Non seulement l'orage a duré pendant des heures, mais en plus l'excitation me faisait bouger sans cesse. Tant et si bien que mon chat, qui dort habituellement dans mon lit, s'est réfugié dans la salle de lavage. J'étais l'abonné impuissant de la *pitourne*, comme dit mon père : et *pis tourne* d'un bord, et *pis tourne* de l'autre.

Et voilà. Maintenant, la pluie ne tombe plus, le soleil brille et il est huit heures du matin. Il est encore trop tôt pour mon rendez-vous, mais je n'en peux plus. Je me lève. Quoi faire d'autre, de toute façon ? Aussi bien commencer à me préparer à la journée la plus importante de mon existence. Pipi, douche, vêtements, déjeuner et en route vers le bonheur !

Le plan semble simple. Trop simple peut-être, puisque dès le départ, les choses ne vont pas tout à fait comme sur des roulettes. Dans la salle de bains, un seul coup d'œil dans le miroir suffit à me le dire. Incrédule, je m'approche de mon propre reflet. J'observe l'invraisemblable. Un bouton ! Un vulgaire bouton d'acné ce matin-là ! Mon premier à vie. Sur la joue droite, à un centimètre de la bouche. Ç'aurait pu arriver hier, la semaine dernière, ou encore demain, dans un mois ou même jamais. Mais non, il faut que *ça* se produise aujourd'hui. Je n'ai pas la moindre idée de ce qu'il faut faire. Le crever, lui faire la peau, bien sûr. Mais la seule idée de le presser entre mes deux index,

de voir le sang ou le pus gicler... Beurk !
Ça me lève le cœur. Et pourtant, je n'ai
pas le choix. Je ne peux quand même pas
rencontrer la belle Agathe avec une telle
horreur sur le visage.

Bon, il faut ce qu'il faut. Je suis résolu à
m'en débarrasser. Mes doigts s'apprêtent
à serrer cette chose affreuse qui m'enlaidit.
Je ferme les yeux. Un, deux, trois et...
Ouche ! Ça fait super mal. Évidemment,
ça ne marche pas du premier coup. Je dois
recommencer. Encore et encore. Rien ne
veut sortir de ce maudit bouton. Et plus je
le tripote, plus il rougit, plus il grossit à
vue d'œil. Je regarde l'heure : déjà neuf
heures trente. Dans deux heures, je vais
être assis dans une salle de cinéma obs-
cure, à côté d'Agathe. Dans le noir, elle ne
verra rien. Mais dans la rue, en plein jour,
au gros soleil, elle va le voir, mon bouton,
c'est certain. Tenez, je sais ce que je vais
faire. Je me tiendrai à sa droite. Ainsi, je
lui offrirai mon profil gauche. Ça me
paraît une bonne idée.

Allez, assez perdu de temps : dans la
douche ! Ensuite, vient le tour de m'habiller, de déjeuner et de partir. Encore une
fois, on dirait bien que la malchance
s'acharne sur moi.

Dehors, lorsque j'enfourche mon vélo, je constate qu'un des pneus est à plat. Je m'empresse de sortir la pompe. D'un mouvement saccadé et répété, je commence à injecter de l'air dans la chambre. Rien n'y fait. J'inspecte le pneu de plus près. Pas possible ! Le pneu est crevé. Et d'une manière plutôt délinquante, si vous voyez ce que je veux dire. Qui a bien pu faire ça ? Je promène sur le voisinage un regard sombre. Aucun jaloux en vue. Je suis prêt à mettre ma main dans le feu que c'est l'un des prétendants d'Agathe qui a fait le coup, c'est-à-dire un de mes camarades de classe. Vous remarquerez que je n'ai pas dit *amis*. Quand il est question de l'amour d'une fille, certains peuvent faire n'importe quoi. Même tenter d'éliminer un rival.

Foi de Jules Castonguay, ce n'est pas un pneu crevé qui va m'empêcher d'aller à mon premier rendez-vous galant avec Agathe. J'irai en autobus. Sauf que… À l'heure qu'il est, l'autobus va bientôt passer au dernier arrêt de la ville, avant de se rendre à la ville voisine, là où se trouve le cinéma. Et il ne repassera pas avant une heure. Je dois donc faire vite, sinon je n'arriverai pas à temps au cinéma et je

ferai mauvaise impression sur mon amoureuse.

Au pas de course, donc, je franchis le
parterre en fleurs de notre maison, je
parcours la rue jusqu'à l'intersection, je
bifurque à droite et... Le troisième malheur se trouve devant moi, sur le point de
frapper. Je ralentis malgré moi en voyant
surgir d'une haie trois élèves de la classe.
Ai-je besoin de vous le préciser ? Eh oui,
vous avez deviné : ce sont tous des
prétendants éconduits par Agathe. Ils
viennent pour moi, pour m'empêcher de
fréquenter ma belle.

Je m'arrête. Mon cerveau, lui, compile
à une vitesse folle les données de la
situation. Trois contre un. Ça s'annonce
mal. Ils ne me laisseront pas passer sans
s'opposer. Je n'aime pas me battre ni me
fâcher contre les autres. Je suis plutôt du
genre pacifique. Je ne dis jamais de gros
mots, je ne fais jamais de commentaires
désagréables sur les autres. Ils le savent
très bien et ils risquent d'en abuser.

Je jette un coup d'œil par-derrière. Je
ne peux pas fuir. Deux autres garçons
s'amènent. Cinq ! Je crois bien que je peux
dire adieu à mon rendez-vous.

– Écoutez, les gars...

Personne ne m'écoute. Le regard menaçant, les narines dilatées, le visage rouge de colère, le petit troupeau de jeunes taureaux orgueilleux m'encercle. Une main s'élève dans les airs et je ferme aussitôt les yeux. Plutôt que de recevoir un coup de poing ou d'être bousculé entre eux comme une balle de ping-pong, une cascade de rires méprisants se déverse de leur bouche. J'ouvre un œil, puis l'autre.

Mes assaillants rient à gorge déployée. Ils ont perdu toute volonté de me faire du mal. Deux d'entre eux s'écartent même pour me laisser le passage. Hésitant, je m'aventure hors du cercle qu'ils forment. Je les observe d'un air incrédule. Qu'est-ce qui leur arrive ? Que s'est-il passé lorsque j'avais les yeux fermés ? Ça n'a pourtant duré qu'une fraction de seconde. J'ai l'impression d'en avoir manqué un méchant bout. Et puis, à travers leurs rires insensés, l'un d'eux s'exclame :

– Avec ce gros bouton, c'est sûr qu'Agathe ne voudra plus rien savoir de lui ! Venez, les gars, on s'en va.

Et, sans dire un mot de plus, mes cinq rivaux s'éloignent, pliés en deux par des rires incoercibles. Ils n'avaient pas besoin de se livrer à l'intimidation pour m'empêcher de voir Agathe. Surtout quand un bouton d'acné peut faire le travail à leur place. Je n'en reviens tout simplement pas. Un bouton d'acné m'a sauvé la vie. Eh bien, longue vie aux boutons !

Débarrassé de ces obstacles, la route du bonheur me semble enfin permise. Sans plus attendre, je reprends ma course vers l'arrêt d'autobus.

J'aurais toutefois aimé que le proverbe *jamais deux sans trois* s'applique à mon cas, mais non. Ma journée n'est pas encore terminée et, comme on dit, un malheur n'attend pas l'autre.

Pour gagner du temps, je pique à travers un boisé. J'emprunte le sentier principal qui donne derrière le centre commercial. Comme il a beaucoup plu cette nuit, je fais attention où je mets les pieds. Le terrain vaseux m'empêche d'aller aussi vite que je le voudrais. Malgré mes précautions, l'une de mes chevilles se tord. J'ai beau déployer mes bras, faire de grands moulinets pour conserver mon équilibre, même lâcher un cri d'angoisse, rien n'y fait. Je tombe… dans une énorme flaque de boue.

Je me relève d'un bond. J'ose à peine me toucher tant l'état déplorable de mes vêtements me dégoûte. Tout le côté droit de mes habits est couvert de boue. Non mais quelle journée aberrante ! Si je retourne à la maison, je vais manquer mon autobus. Et je ne peux absolument pas continuer dans de telles loques.

Soudain, du coin de l'œil, j'aperçois la solution inespérée à mon problème : à quelques pas seulement, des vêtements propres se balancent au bout de la corde à linge dans la cour arrière d'une résidence. Je suis sauvé ! Attendez, n'allez surtout pas vous imaginer que je vais voler le bien appartenant à d'honnêtes gens. Non, je vais leur emprunter, le temps d'un film, de quoi me faire une toilette convenable. Il n'y a rien de bien malin dans ça. Je suis certain que les propriétaires, mis au courant de mes bonnes intentions, consentiraient à m'aider. Sauf que je n'ai pas le temps de leur demander.

À pas de loup, je m'aventure sur le terrain privé. Je lance un regard à droite, puis à gauche. La voie est libre. Je cours jusqu'à la corde. Je réussis à décrocher une paire de short et un tee-shirt secs. J'enlève mes vêtements en vitesse – sauf mon caleçon, bien sûr – et m'apprête à enfiler ceux que je viens de trouver quand la chance continue de me faire faux bond :

le propriétaire des lieux, un homme dans la quarantaine bedonnante, sort du garage, armé d'une tondeuse.

Paniqué et honteux, je rebrousse chemin et me mets à courir aussi vite que ma cheville endolorie me le permet. J'évite le boisé et ses flaques boueuses, saute maladroitement par-dessus une haie et parviens au stationnement du centre commercial. Là, quelques clients me regardent d'un air ahuri. Des jeunes de mon école me montrent du doigt en s'esclaffant. Évidemment, puisque je me promène à moitié nu en pleine ville, un samedi matin ! Je poursuis ma course et heurte une vieille dame à sacoche qui se met à crier à tue-tête :

– Au violeur ! Jeune pervers ! Au secours !

Aussitôt, on s'attroupe autour de moi. Quelqu'un s'empare de son téléphone cellulaire pour appeler la police. Au travers de la multitude de têtes qui me font face, je distingue d'autres élèves de mon école.

– Il est vraiment affreux, son bouton ! dit l'un d'eux en grimaçant.

– C'est avec lui qu'Agathe Desrosiers veut sortir ! se moque un autre. Bonne chance !

J'ai à peine le temps de me retourner qu'une voiture de police arrive en trombe. Deux agents en descendent et me mettent la main au collet. La vieille dame donne sa version de la soi-disant agression. Les badauds en rajoutent, de même que mes copains de classe qui s'amusent de me voir échouer, si près du but.

Quelle misère ! Jamais je n'aurais cru en arriver là. Le temps de le dire, je suis devenu un vicieux, nul autre que l'ennemi numéro un de la ville. Tout ça pour les beaux yeux d'une fille.

Je tente d'expliquer *ma* version des faits aux agents. Contre toute attente, ils veulent bien me croire, à la condition expresse d'aller m'habiller sur-le-champ. Facile à dire, moins facile à faire. Il est trop tard pour que je revienne à la maison, et j'ai oublié mon porte-monnaie dans mes vêtements sales. Je ne peux même pas en acheter de nouveaux au centre commercial. Autour de moi, les élèves de mon école gloussent déjà à l'idée de me voir me balader en auto-patrouille.

C'est alors que surgit le propriétaire à qui j'ai voulu emprunter des vêtements. Sourire moqueur aux lèvres, il tient dans une main un sac dans lequel il a fourré mes vêtements sales et, dans l'autre, une belle robe rose. Je dis *belle*, car sur une fille, ce serait beau. Mais pas sur un garçon !

Ai-je besoin d'en dire plus ? Eh bien oui ! Je me suis retrouvé devant un choix difficile à faire : remettre mes vêtements sales – avec lesquels je ne peux pas me rendre à mon rendez-vous – ou enfiler la robe. Qu'est-ce que je perds en choisissant l'un plutôt que l'autre ? Rien du tout, je crois bien. Peu importe ce que je fais, aujourd'hui, c'est voué à l'échec. Un peu plus ou un peu moins, ça ne changera pas grand-chose.

Va pour la robe ! Au moins, elle est propre. Je la passe par-dessus ma tête, récupère mon porte-monnaie, repousse la cohue ricaneuse et me précipite vers l'arrêt d'autobus.

Mais qu'ai-je donc fait à l'univers pour que le destin me fasse une vie aussi dure ?

Je compare l'heure de passage inscrit sur l'affichette avec ma montre. Incroyable ! Je ne suis même pas en retard. Tout s'est déroulé en vingt-six minutes. J'ai vécu plus de péripéties en moins d'une demi-heure que dans toute une année ! Mais je suis là, c'est tout ce qui compte.

Alors j'attends. J'attends. Vous ai-je dit que j'attends ? Tellement que je commence à trouver ça beaucoup trop long. Anormalement long. Je vérifie à nouveau ma montre, puis l'affichette des horaires de passage du samedi.

Derrière moi, quelqu'un souffle à mon oreille :

– Passé en avance, aujourd'hui.

Quoi ? L'autobus est passé en avance ! Ça, c'est vraiment le comble. C'est bien la dernière chose à laquelle je me serais attendu.

Je n'ai pas assez d'argent pour prendre un taxi. Je n'ai pas le courage de faire de l'auto-stop. J'ai souffert suffisamment de l'humiliation pour une journée de congé. J'aurais donc dû accepter la proposition des policiers et me faire reconduire chez moi. En fait, j'aurais dû rester au lit, ce matin. Mais pourquoi est-ce que je m'en prends à moi ? Non, tout ça, c'est la faute d'Agathe Desrosiers. Pourquoi a-t-elle soudain accepté qu'on sorte ensemble ? Pourquoi avec moi ? Pourquoi aujourd'hui ? Ah ! les filles ! On ne peut jamais réussir à savoir ce qui trotte dans leur tête. Toujours en train de changer d'idée ou de faire des mystères pour se faire désirer.

Et pourtant, je l'aime…

Découragé, plein de tristesse, je me résigne. Ça ne sert à rien de continuer. Mieux vaut retourner à la maison et tout oublier. Même Agathe, même son prénom. Car un premier rendez-vous manqué, les filles ne pardonnent pas ça facilement. La belle Agathe ne me croira pas si je lui dis la vérité. Elle va m'engueuler. Et je considère que je ne le mérite pas. Non, vraiment pas.

Je rentre donc chez moi d'un pas traînant, la tête dans les épaules. Je perçois à peine les rires méprisants qu'on lance sur mon passage. Je les ignore. Ils n'existent pas. *Je* n'existe plus.

Arrivé à la maison, je me jette sur une chaise de parterre. Je ferme les yeux et prends une grande inspiration. Un paquet de phrases banales et ridicules me passent par la tête, du genre *une de perdue dix de retrouvées, demain est un autre jour, on ne vaut rien si on ne vaut pas une risée*… Pfft ! Que des niaiseries ! Et comme je n'ai pas fermé l'œil de la nuit, je ne vous surprendrai pas si je vous dis que je m'endors illico.

Pas très longtemps, cependant. Mes paupières fermées, rosées par le soleil, deviennent tout à coup aussi sombres que le tableau de ma classe, comme s'il faisait nuit. Je me réveille en sursaut et me redresse. Mes yeux clignent. Ai-je la berlue ou quoi ?

Agathe se tient debout, à deux pas de moi. Je jette aussitôt un coup d'œil nerveux à la robe rose que j'ai oublié d'enlever.

C'est bien la journée où j'ai eu l'air le plus fou de toute ma courte vie ! C'est définitivement une journée de trop dans la semaine, dans le mois, dans toute l'année. Tout le monde va s'en souvenir de celle-là ! J'ai honte, je me suis couvert de ridicule. Que va penser Agathe ? Je n'ose même pas l'imaginer. Elle se mettra sûrement à rire. Je ne suis qu'un pauvre garçon. Je ne suis pas fait pour elle.

Que vais-je bien devenir ? Comment vais-je pouvoir affronter les sarcasmes de ceux que je vais désormais croiser ? J'ai l'impression que le mot *looser* est marqué au fer rouge sur mon front...

À la place, elle me sourit tristement, la tête de côté.

– J'espère que tu n'es pas trop déçu de ne pas m'avoir trouvée au cinéma.

Quoi ? Elle n'était pas là ! J'ai donc subi tout ça pour rien !

Sur le point d'exploser – je vous le jure, c'est la première fois que je ressens autant de frustration –, je me lève d'un bond et j'aperçois sur son visage une chose laide qui freine mon élan. Une chose bien laide, oui, mais qui n'enlève cependant rien à la beauté d'Agathe.

– Ç'a poussé au cours de la nuit, se défend-elle en cachant de sa main un gros bouton d'acné sur sa joue. Et je ne voulais pas...

Je ne lui laisse pas le temps de finir et lui présente le mien.

– Ne t'en fais pas, lui dis-je. Moi, j'ai manqué mon autobus.

– Alors, conclut-elle, à nouveau de bonne humeur, on ne s'est pas manqué du tout.

Je secoue la tête. Non, on n'a rien manqué.

Main dans la main, nous allons au parc sous le regard décontenancé de mes rivaux. Finalement, c'est une journée de trop pour eux !

Ah ! J'ai oublié de vous dire : Agathe n'a même pas remarqué que je portais une robe. Je crois qu'elle m'aime vraiment...

Table

Collection « Girouette »